eromanga sensei
情色漫畫老師
伏見つかさ
插畫◆かんざきひろ
5
和泉紗霧
初次上學
Kadokawa Fantastic Novels
U0025600

contents

「要這樣，小和泉！」
eromanga sensei 5 izumi sagiri no hatsu toukou
Sagiri Izumi & Megumi Jinn
情色漫畫老師
和泉紗霧初次上學

Masamune Izumi
和泉正宗

一邊上高中一邊從事小說家的工作，筆名是和泉征宗。有個家裡蹲的妹妹。

Sagiri Izumi
和泉紗霧

跟正宗沒有血緣關係的妹妹。雖然是重度的家裡蹲，但目前以情色漫畫老師這個筆名從事插畫家的工作。喜歡畫色色的圖。

Elf Yamada
山田妖精（筆名）

和泉家的鄰居。隸屬於與正宗不同的出版社，活躍中的超級暢銷作家，自稱大小說家。

Muramasa Senjyu
千壽村征（筆名）

與正宗在同一個出版社活動的年輕前輩作家。是正宗的超級書迷，連他正式出道前所寫的網路小說也全都保存起來了。

Megumi Ji
神野惠

紗霧的同班同學。
強的超級班長，紗

Amelia Arme
亞美莉亞
愛爾梅麗

負責繪製山田妖精小
畫家，跟妖精是青梅
非常要好。

Ayame Kagur
神樂坂

正宗他們的責任編
許多暢銷作品，但
疑。

eromanga sensei

情色漫畫老師

和泉紗霧初次上學

伏見つかさ

插畫◆かんざきひろ

5

Kadokawa Fantastic Novels

情 ero manga sensei 色 漫 畫 老 師
第一章

十二月十日對我們兄妹來說，是個特別的日子。

這是我們的輕小說新作《世界上最可愛的妹妹》第二集的發售日。

這是《世界妹》漫畫版第一話在月刊漫畫雜誌《Comic Magical》上刊載的日子。

總是給予和泉征宗作品辛辣評價的書店店員朋友，也在這一天終於肯說出「很有趣」這句話。

然後——也是妹妹的生日。

我的妹妹紗霧依舊是個完全不肯走出房間的「家裡蹲」，即使如此她還是以插畫家、以同班同學、以妹妹的身分……獲得許多人的祝福，在這個日子可喜可賀地多了一歲。

她利用網路進行盛大的生日實況轉播。

之後還有個只有我們兄妹兩人慶祝的小小慶生會。

被許許多多的禮物包圍，變成十三歲的妹妹看起來非常幸福。

她的身影與表情，想必我永遠都不會忘記吧。

這些是昨天才發生的事情。

經過一晚，今天是十二月十一日。

由於資料更新了，讓我重新自我介紹。

我，和泉正宗／十六歲／高一／輕小說作家「和泉征宗」。

妹妹，和泉紗霧／十三歲／國一（年齡上）／家裡蹲的插畫家「情色漫畫老師」／銀髮碧眼的絕世美少女。

既然妹妹大了一歲，哥哥也同樣跟著增加一歲。

原本以為接近了，卻又會立刻拉開。

這是距離永遠不會縮短的追逐賽。

簡直就像是我們兄妹間的關係。

不對，這種比喻不太恰當。跟「年齡差距」不同——這邊還有希望存在。

就算好幾次讓機會逃掉，就算再怎麼不了解妹妹的事情。只要不放棄，一定能夠縮短兄妹間的距離。

有朝一日，就能成為真正的兄妹……才對。

「紗霧～我送早餐過來嘍！喔，妳長到十三歲之後變得更可愛了呢！讓我拍張照片當紀念吧！我想更新智慧手機的待機畫面！」

妹妹擺出把「不敞開的房間」大門推開的姿勢，抬頭看端著早餐托盤的我並且瞇起眼睛。

「不行……因為哥哥……很色。」

「咦！我做了什麼嗎！」

驚訝地詢問後，紗霧瞬間滿臉通紅。

「……不要把……我的照片拿來當待機畫面。」

「這可不行，那是我的力量來源。」

我一本正經地說著，結果妹妹卻用輕蔑的語氣小聲說：

「…………變態。」

真是讓人興奮呢。

「才不是變態，為妹妹著想的哥哥會這麼做是理所當然的。」

「就是變態，因為……」

紗霧忸忸怩怩地猶豫一下後，用力瞪向我。

「昨天，慶生會之後…………你一定有對睡著的我，做出色色的行為對不對。」

「才沒有！」

「一定有。」

「為什麼妳會說得這麼斬釘截鐵！就算我對睡著的妳做出色色的行為！妳自己都已經睡著了也不可能會知道吧！」

「！果、果然就是有做！」

紗霧用力伸出手指著我的臉。

她雖然變得滿臉通紅，但看起來卻又好像有點開心，這是我的錯覺嗎？

「就跟妳說沒有嘛！絕對沒有！我說沒有就是沒有！」

「每次哥哥像這樣，不斷拚命否定的時候，就是代表『有』的意思。」

「什……！也許真的被妳說中了沒錯！但是這次我真的沒做！」

「…………真的嗎？」

「唉！相信我吧！雖然我是有把妳抱到床上睡，幫妳蓋好棉被後，稍微戳一下妳的臉頰就──」

「……不、不用講得那麼詳細啦！」

「──但是我絕對沒有做出任何下流低級的行為，這我可以用生命發誓。」

「……哦…………………………沒有呀。喔，是喔，什麼都沒做呀。」

「為什麼妳反而更生氣了──難道是不相信我？我才不可能對妹妹做出那種事情吧！」

「出去。」

「──什麼？」

「我叫你，出去，我要吃飯了。」

紗霧用無比冷淡的語氣說著。

「出去！現在立刻，從我眼前消失！」

「喂、喂喂……好痛！」

妹妹用非常不高興的表情，把我推到房間外頭。

「我、我知道了啦……」

我跟往常一樣從妹妹的房間——也就是從「不敞開的房間」被趕出來。

背後的房門砰一聲被關上。

「………………………笨蛋。」

最後聽見痛罵我的低語聲。

這真是完全搞不懂什麼意思的對話，紗霧有時候就是會變這樣。

「可惡……本來還以為稍微縮短些距離了。」

紗霧啊……我們……總有一天，能夠成為……正常的兄妹吧？

對日本這個國家來說，十二月是個節慶接二連三到來的月分。

雖然對我而言「妹妹的生日」才是最重要的節慶。

不過還有聖誕節、寒假、除夕、新年……各式各樣的節慶等在後頭。

但是很可悲地，我沒有能回去的鄉下老家，也沒有一起共度聖誕夜的女友。

身為這種輕小說作家的我，在上課中默默寫著筆記。

「下一集該來寫個聖誕節橋段之類的嗎……」

同時意識也自然往這個方向集中。

這是個平穩的日常。之前擔憂的「和泉征宗的真實身分曝光」這件事，目前在學校裡頭還不成問題。

不過……話雖如此。

知道的人，應該還是已經知道了吧。

「剝奪面具生死戰」。

就是現在已經成為超人氣實況主，同時也是超有名插畫家的愛爾咪老師第一次在眾人面前讓真面目曝光的那個時候。

我也在同一個節目以來賓的身分登場。

「在學校知道我和泉正宗長相」的所有人，都沒有看過那個在今天十二月十一日播放次數已經超過五十萬次的節目——這未免想得太美了吧。

即使如此，跑來對我說「原來你是輕小說作家喔！」或是「把愛爾咪介紹給我認識吧！」這種話的傢伙，目前還沒有出現過。

這種趨勢很棒，畢竟我不想在學校講這些事情。

說不定這個班上也有知道我真實身分的人在。

不過，希望他們就這樣繼續保持沉默。

不久後鈴聲響起，到了放學後的時間。

教室內充滿喧囂吵鬧的交談聲，話題果然大多是以聖誕節為主。有男女朋友的人當然不用說，沒有特定交往對象的傢伙們也在講些「聖誕節活動要如何如何」、「聖誕節的演唱會要怎樣怎樣」——之類的話題。

大家都有各種活動。

「好啦，回家吧。」

也沒有什麼事情，還是早點回去有可愛妹妹等著的家裡吧。

正當我拿起書包站起來的時候。

突然間——外頭傳來一陣吵雜的喧鬧聲。

「喂……那個。」「哇！好可愛的女孩子！」「金、金髮！是真的嗎！」

「誰啊？」「那是哪邊的制服……？」「咦？她走進教室裡了……」

往教室入口附近傳來喧鬧聲的方向看去——

「呃！」

對我平穩校園生活產生威脅的金髮惡魔就出現在那邊。

——妖精！為何她會在這裡！

妖精穿著跟以前在荒川河堤遇到時相同的國中制服，她在班上同學的視線注目下快步走到講台上。

接著緩緩拿起粉筆。

在黑板上寫下山田妖精這個名字。

接著妖精英姿颯爽地轉過身，威風地報上名號。

山田エルフ

「本小姐是轉學生山田妖精！」

——這傢伙在講什麼鬼！這傢伙到底在講什麼鬼！

我完全跟不上眼前發生的狀況，只能陷入混亂。

班上的同學們也一樣，只能像鸚鵡學舌一樣，跟著做出「轉學生？」、「咦？妖精？」的反應。

我傻眼且僵硬地看著她，妖精從容不迫地跟我對上視線，刻意露出驚訝的表情。她指著我的臉。

「啊！是你！是那個時候的傢伙！為、為什麼你會在這裡！」

「那是我要說的話！妳才是為什麼要跑到我的教室裡演這種莫名其妙的小劇場啊！」

全力吐嘈之後，我才想到這下糟了。

教室裡的視線，很明顯都集中在我身上。

妖精被我這麼一問後，趾高氣昂地把手扠在腰間

「哼哼，這是輕小說必備的『轉學生劇情』喔！本小姐為了取材兼實驗，試著用戀愛喜劇女主角的風格登場！如何，有沒有心跳加速呀？」

「我差點就要嚇死了！」

跟妳期待的完全是不同意思就是了！

「呼呵呵，沒錯吧！就是這樣沒錯吧！你可以再得意點也沒關係喔。受到大家羨慕的眼神注

視，感覺很爽快吧。」

「妳喔……」

美少女轉學生女主角在周圍的視線注視下出現在教室，對著主角指名道姓——的確，這種情節在校園戀愛喜劇裡或許很常見。

但實際被這麼一弄，還真是高興不起來。

這下子之後絕對會被大家圍上來逼問「這到底是怎麼回事！」，然後就會順勢被大家發現我是輕小說作家。

把我平穩的生活還來！

我慌忙從座位站起來，拉著妖精的手走到教室的角落。

小聲偷問她：

「妖精，妳到底是來幹嘛的？總該不會……只是想華麗地在這裡登場吧？」

「呼呵呵……就是呢……」

「居然是和泉認識的人……？」「他們到底是什麼關係……？」

「山田妖精是……」「啊，我好像知道喔。之前的ＮＩＣＯ實況……」

嗚哇啊啊啊啊啊啊啊啊啊啊啊啊啊！該死啊！我已經想逃跑了！

「妖精……快點講妳是來幹嘛的，我現在可是無比焦慮啊。」

我腦袋裡不斷重複「糟糕，該怎麼辦」這句話，同時催促著妖精。

於是她就在近距離下跟我四目相交，開心地說：

「征宗，跟本小姐來場聖誕節的約會吧♪」

我立刻牽起妖精的手，全力逃離現場。

「哈啊、哈啊……呼，來到這邊應該就沒問題了。」

我用手帕擦去額頭的汗水，並且喘口氣。

轉頭一看，妖精的呼吸也有些急促而且滿臉通紅。

「……呼呵呵，哎喲。你就這麼想跟本小姐兩個人獨處嗎？」

「才不是……真是的，這下該怎麼辦啊。明天要怎麼跟班上的同學說明才好。」

「就說『很羨慕我的女朋友是個超級美少女吧』不就好了。」

「在聖誕節前夕，對沒有女朋友的男生們這麼說？」

會被殺掉吧。

「好啦，當美少女女主角突然轉學過來時，普通的高中生們會有什麼樣的反應——這樣子就獲得實際的取材資料了。」

「聽別人講話啦。」

「包含你那像是輕小說主角的反應在內，感覺大多沒有脫離標準範本呢。」

「最早寫出這種標準範本的人，想必一定很有才華吧。」

雖然不知道是誰想出來的，但是創造出所謂「標準範本」、「王道」發展的先人們真的很偉大。不管是誰都能輕鬆使用，而且超級強力。雖然我不是妖精，但如果要說撰寫故事時有什麼必殺技的話，就是指這些橋段吧。

「……也罷，總之……先回家吧。」

「是啊，就這樣親密地牽著手回家吧。」

「！啊，抱歉！」

我嚇了一跳，把從教室就一直牽到現在的手放開。

「…………」

妖精盯著被我放開的手掌看。

「…………………」

我們就這樣陷入奇妙的沉默，走上回家的歸途。大約抵達中途時，妖精在相隔數分鐘後開口說：

「所以啦，你打算帶本小姐去那呢？」

「啊？」

「就是聖誕節約會呀，聖誕節約會！到下下星期之前，你得想好計畫然後充當本小姐的護花使者！」

「我聖誕節時可不會離開家裡喔。」

「？呃……意思是……要在房間裡約會？……啊！難、難道說……唔！」

妖精突然猛力離開我身邊，然後緊抱自己的身體。

可愛的臉龐轟隆一聲……染上羞澀的色彩。

「你這色鬼！色鬼征宗！居、居然因為是聖誕夜……就、就突然想要那樣！」

這白痴到底誤會成什麼了。

「雖然完全搞不懂妳在講啥——但是我聖誕節要在家裡跟妹妹一起過喔，還要買蛋糕回去。」

「咦？難道你不是企圖對本小姐做出不能出現在電擊文庫裡頭的下流行為嗎？不打算來場愉快的kill time的communication嗎？」

「誰會幹那種事啊。」

而且這是什麼奇怪的講法。

妖精嘟起臉頰。

「是喔，哼～～跟妹妹……是吧，你這妹控。」

「要妳管。」

「那個，征宗啊。就算你不在，情色漫畫老師應該也預定要跟網路上的大家，一起愉快地度過聖誕節吧？」

「也許吧。」

生日的時候也是這樣。她進行實況轉播，跟粉絲還有其他插畫家們一起畫圖跟聊天——很愉快地慶祝生日。

「『紗霧，哥哥想跟妳一起共度聖誕節喔！』——如果你這麼說完，卻被超冷淡拒絕的話打算怎麼辦？本小姐反而能預見你一個人孤單度過聖誕夜的未來呢。」

「……也、也許是吧。」

想也知道，就算我在聖誕節當天待在家裡，紗霧可能也不會有多高興。

說不定反而會生氣地怪我操心些多餘的事。

即使如此，我還是會去想像。

十二月二十四日，網路跟電視都在播放聖誕節特別節目時……她卻因為自己是個家裡蹲，所以沒辦法到任何地方。

一個人寂寞地在沒有任何人的家裡度過——想像紗霧這樣的身影。

真不希望是那樣……我是這麼想的。

「……………………哼，即使如此也不會改變想法啊。」

妖精有如看透我的內心般，注視著我的臉龐。

她用力張開雙手這麼說：

「好吧！那就把大家都叫來，開場聖誕派對吧！」

正當我被這麼提案的同一天。

「哥哥～～我們來辦聖誕派對吧！」

我又再次聽到類似的台詞。

對我這麼說的人，是紗霧的同班同學——擁有最強的社交能力的好管閒事班長，神野惠。

明亮的茶色頭髮配上制服，還有充滿活力的笑容。雖然跟妹妹是不同的類型，但她也是個相當可愛的美少女。

剛才門鈴響起，才走出玄關就看到惠站在那裡，然後一開口就是這句話。大致上就是這樣的情況。

因為事情來得太突然，讓我不停眨眼。

「聖誕派對？」

「沒錯！你想想看嘛，昨天的慶生宴不是被搶先了嗎？」

被網路上的大家搶先了呢。

昨天惠為了慶祝紗霧的生日而特地來到家裡——可是由於紗霧正好在進行「生日實況轉播」的關係，所以沒辦法見面。

因此她今天是再次想要來跟紗霧說聲「生日快樂」的吧。

雖然我是這麼想——實際上也的確有要這麼做——可是沒想到會提案舉行聖誕派對。

惠得意地伸出指頭說：

「我記取上次失敗的教訓，所以這次想要先跟小和泉約好。」

她迅速往前跳近一步，然後用惡意賣萌的姿勢抬頭看著我。

「總之就是這麼一回事！你覺得如何呢，哥哥♡」

「這、這個嘛……」

這、這傢伙臉也靠太近了！

這根本就是接近色誘的姿勢。我後退一大步後說：

「既然是聖誕派對，就代表是二十四日？」

「對，我是這麼打算的喔。」

「妳的行程沒問題嗎？」

「啊～」

惠似乎察覺到我想說的話，於是回了個充滿魅惑色彩的媚眼給我。

「感謝哥哥掛心！不過我現在也沒有男朋友～跟朋友們則是打算在二十五日舉辦派對～～所以沒有問題喔！」

「喔，這樣啊。」

「你放心了嗎？」

「才沒有。」

說起來這傢伙明明沒那種念頭，可是每次都講得好像對我有意思一樣……

我無視惠的發言，繼續討論聖誕派對相關的話題。

「那個……妳打算在二十四日舉辦聖誕派對，然後二十五日會很忙對吧。可是很不巧，我跟紗霧二十四日那天已經跟別人有約了。」

「咦？明明是家裡蹲卻跟別人有約？」

「不行嗎！家裡蹲也可以在聖誕節有預定活動吧！」

情色漫畫老師如果在場，想必也會喊出相同的話吧。

惠毫不畏懼地把手指抵在下巴。

「哦？又是『網路上的朋友』——之類的嗎？」

順帶一提，惠並不知道紗霧就是情色漫畫老師。

關於紗霧的情報，我只告訴她「紗霧喜歡畫圖，然後有在網路上活動」——這種程度而已。

哼哼，很好……我就讓惠感到更不甘心吧。

我用自豪的語氣回答：

「不，二十四日是要在我們家裡跟朋友舉辦聖誕派對。」

執著於「要跟紗霧第一個成為朋友」的惠，想必會「咕唔唔」地感到懊悔吧——正當我這麼想時。

「啊，難道說……」

惠意外地發出乾脆地接受的反應，接著輕輕擊掌。

「就是之前說的『跟小和泉境遇相似的鄰居』是嗎？」

「這麼說來，在高砂書店會合那天有跟妳說過這件事呢。」

「嗯，就是小智跟我推薦許多未完結輕小說那個時候的事情喔。」

的確有過這麼一回事呢。

「跟小和泉境遇相似的鄰居」──這不用說，當然是指山田妖精老師。

「好好好，原來如此原來如此喵……喔喔……這樣的話，也剛好。」

此時惠很有精神地笑著舉起單手──

「那我也要參加那場派對！」

她很理所當然地講出非常不得了的話來。

「……呃──」

當然，我打算拒絕她。

因為不管怎麼想都很糟糕。

如果妖精提案的聖誕派對真的實現。

參加的成員感覺大概會是妖精、情色漫畫老師、村征學姊、席德、愛爾咪老師這些人吧。

如果那個怪咖創作者集團跟惠這個麻煩製造機互相認識的話──

啊啊，光用想的就覺得很麻煩！

根本無法預測會產生多麼糟糕的化學反應。

而且這說不定會變成讓「情色漫畫老師的祕密」暴露給惠知道的契機。

好啦，該怎麼拒絕呢？

正當我在猶豫該說些什麼來拒絕時，發生了預料之外的事情。

「妳想要參加聖誕派對是嗎！這個願望不該對征宗說，而是該向身為主辦人的本小姐說才對！」

麻煩事的化身從我背後閃亮登場。

是穿著國中制服的妖精。

這麼說來，這傢伙在那場「闖入教室事件」後就直接來我們家，在我房間看漫畫……！

啪——！背後出現這種巨大音效的妖精大師，讓惠看了不停眨眼。

「哥哥，這個可愛的女孩子是誰？」

「…………」

我迅速進行思考，老實告訴她到底有沒有問題呢？我的真實身分是輕小說作家「和泉征宗」這件事，已經被惠知道了。

然後在邪惡書店店員智惠的陰謀下，現在的惠應該具備輕小說初學者等級的知識才對。

這麼一來——就算在這裡介紹妖精給她認識，應該不會立刻發生問題……吧？

「這個嘛……這傢伙是剛才說的『跟紗霧境遇相似的鄰居』——」

「吾名乃山田妖精！是和泉征宗最愛的伴侶同時也是他的主人！」

我撤回前言，根本不可能不發生問題。

這是什麼亂來到不行的自我介紹！對方可是普通的國中女生耶！

聽到這種東西，想必惠一定是想退避三舍吧……正當我這麼想時。

「啊～～妳就是山田妖精老師嗎！在這裡是初次見面，不過那時候承蒙關照了♪」

惠向她鞠躬打了招呼。

或者該問說：

「咦……難道說，妳們兩位認識嗎？」

我交互看著惠與妖精問著，妖精則困惑地搖搖頭。

「這、這是第一次見面喔。那個……我們在哪邊見過面嗎？那時候是指？」

「哎呀，妳不記得了嗎？我叫做神野惠。」

「？神野惠……好、好像在哪裡聽過這個名字……是在哪邊呢……而且總覺得有不好的預感……」

「就是啊，我不是之前才在推特上找妳聊天嗎——」

「啊！……啊啊啊啊啊！」

妖精好像想到什麼一樣地大喊。

她用不停顫抖的手指頭指著惠。

「妳說『神野惠』嗎！是妳！是那時候的無禮之徒！」

妖精咬牙切齒地瞪著惠。

另一方面，惠依舊悠然自得地露出笑容。

「啊哈哈，居然說什麼無禮之徒，哎喲～妳是什麼時代的人呀。」

的確是這樣沒錯，但我實在搞不太清楚狀況。

我皺起眉頭詢問惠：

「喂，惠，妳對妖精做了什麼嗎？」

「咦？我只是在推特上說『我讀完妖精老師的書了～～請跟我成為朋友～～(≧▽≦)』這樣而已喔——然後不知道為何就被封鎖了。」

「那、那是因為妳猛挑釁本小姐吧！竟然說出『妖精老師的書好有人氣，在Boo● Off裡頭有好多喔！』或是『因為特價一本一百圓，所以我把整套都收齊了♪』之類的話！也太失禮了吧！這樣子當然會封鎖啊！」

真的，惠這傢伙這麼沒神經，真虧她還能夠交到五百個朋友。

但是她很擅長使他人的情感產生動搖——如果從這種角度來看，也許可以說是理所當然吧。

「不如說妳被惠挑釁之後，竟然懂得用封鎖這種比較算是正常的應對更讓我驚訝……」

畢竟她可是妖精，感覺她會輕易大發雷霆然後跟粉絲們展開醜惡的爭吵。接下來，就會輕鬆地在網路上開始延燒。

「因為作品就快要動畫化了！所以本小姐努力地忍耐住！」

「很了不起嘛。」

「對吧！再多稱讚本小姐些！」

「好棒好棒，真虧妳忍住了。」

「嗯！」

妖精用像是小朋友的語氣回答並且綻放出笑容，這讓我忍不住想摸摸她的頭。

惠看到這情景就舉起單手。

「好詐～～喔。哥哥～～你也稱讚我一下嘛！」

「為何啊？」

「特別讓你摸摸我的頭也沒問題喔。」

「我才不要咧。」

竟然又要求這種會讓我內心小鹿亂撞的身體接觸。

哼，這種戲弄手法我才不會每次都上當呢。

可是所謂的女性，不管這傢伙也好或是妖精也好，都能讀出別人內心想法呢——真可怕。

惠輕咳一聲後回到主題上。

「所以啦，妖精老師跟我已經是朋友嘍。」

「哪裡是啊！為什麼會是這種結論！我們明明正在吵架！」

「…………妖精老師她這樣講耶。」

對於我的問題，惠一臉得意地搖搖手指。

「……只要吵過架，我們兩人就已經是朋友嘍。」

「就算妳講得像句名言，但我覺得網路上的吵架可沒算在裡頭。」

雖然只是我個人的意見，但是吵架還是該面對面進行才對。

電話、郵件、推特、ＬＩＮＥ還有臉書跟匿名留言板——

不管時代變得多麼便利，都不值得在看不到對方的情況下吵架。

那就像是雙方都在跟幻影戰鬥一樣，只是徒增疲勞而已。

直接見面、直接交談後，就發現對方意外是個不錯的人——這種例子不是很常見嗎？

跟妖精或是村征學姊第一次見面時的印象雖然都糟糕透頂，但是現在也都能相處得很好。

「就是說呀～～哥哥你這句話講得真不錯♪」

惠對我的看法點頭稱是，接著突然緊緊抱住妖精。

「呀啊，妳、妳幹嘛——」

「那麼為了讓我們和好，就更要好好地一起玩才行！對吧，小妖精♡也讓我參加聖誕派對嘛！」

「妳這傢伙喔……」

不管怎麼反駁都會被她帶到那種方向去，這反而讓人很佩服。

「……本小姐接受妳的挑戰。」

被惠緊抱住而一臉不情願的妖精，心不在焉地小聲說著。

她使力掙脫拘束，然後用力地重新用手指著惠。

「很好！神野惠，就招待妳來本小姐的聖誕派對！妳說想要跟本小姐變得要好是吧——如果辦得到的話，就讓本小姐拭目以待！」

翻譯一下就是——

「知道啦。雖然不知道能不能真的變要好，但是請多指教喔。」這種意思吧。

「聊一下之後發現意外是個好人」這句話，真的就是在講這個傢伙。

「——所以，我們打算在聖誕夜舉辦聖誕派對！」

跟妖精&惠道別之後，我立刻前往「不敞開的房間」。

應該不用我多解釋吧，這是為了跟紗霧討論關於聖誕派對的事情——原本是這樣。

「…………」

但是位於房門另一頭的紗霧卻完全沒有給我回應。

順帶一提，惠想對紗霧說聲「生日快樂」這件事，已經在剛才要回去時完成了。跟以前一樣，是在房子外頭用單方面大聲喊話的方式完成。

那時候的紗霧有稍微拉開一點窗簾，臉頰也害羞地染上紅暈。

如果是以前的紗霧，實在很難想像會有這種反應。

也許她正緩緩地，慢慢地……開始對惠敞開心扉。

「紗霧～～？沒有聽見嗎——情色漫畫老師、情色漫畫老師——」

我叩叩的敲門後，房門發出嘎吱聲地微微打開。紗霧的臉龐從門縫裡露出，她一臉不滿地瞪著我。

「我、我有聽到啦。還有我不認識叫那種名字的人，所以你不要喊個不停！」

「什麼呀，有聽到的話就快點出來嘛。」

不然我會擔心啊——還以為是不是發生什麼狀況。

紗霧怨恨似地低聲說：

「……明明早上……才把你趕出去。」

「我知道妳還在生氣啦，可是這種事情要早點跟妳商量才行。」

雖然這跟剛才吵架的話題不同，不過如果能直接跟妹妹交談，然後成為和好的契機就太好了——老實說我的確也有這種打算。

「……唔。」

紗霧保持著從門縫間微微露出臉龐的姿勢開始思索。

「……聖誕派對。」

「對，是聖誕派對。」

「…………………………要怎麼辦……才好呢。」

她似乎有點猶豫。

「一定會很開心的──當然，如果妳不喜歡的話我會去拒絕。」

「不、不是那樣子。」

「？」

我疑惑地歪著頭。

原本以為紗霧一定是對「要在家裡舉辦聖誕派對」這點覺得「要怎麼辦才好」而感到猶豫，

但似乎不是這樣？

「紗霧，妳是對什麼感到猶豫呢？」

「才不告訴哥哥。」

我被她用嚴厲的態度這麼說……這樣呀。

「…………………………」

「…………………………」

兄妹之間陷入沉默。

跟這個妹妹對話，經常會發生這種狀況。

雖然也不會感到尷尬就是了。

似乎在考慮什麼的紗霧抬起頭來，她看著我小聲說：

「……哥哥。」

「嗯，喔。怎麼了？」

「現在是……幾月？」

「是十二月啊……」

「這麼說來……是冬天。」

「那當然。」

為什麼會問這麼理所當然的事情？

紗霧稍微停頓一下後說：

「順便問一下……現在……外面很冷嗎？」

「…………………………」

我一瞬間啞口無言。

原、原來如此！這是家裡蹲才會提出的疑問！

因為一直待在家裡，所以不清楚外頭的氣溫也沒有興趣知道吧。

順便一提，由於沒去學校所以對今天是星期幾的感覺也很薄弱。都是靠動畫播放日還有截稿日之類的，才能勉強掌握住「現在是『什麼時候』」的感覺——

室內派的輕小說作家，似乎經常陷入這種狀態。

——哈啾！總覺得好像聽見妖精打噴嚏的聲音。

「紗霧，現在是冬天。所以外頭當然非常寒冷喔。」

我認真回答著，不過聲音也許有變得稍微溫和些。

「哦～～很冷啊…………那這樣，應該沒問題吧……」

紗霧再次沉默地思考，然後依舊維持不開門的姿勢說：

「那個，哥哥，去換上你平常外出時穿的衣服，現在馬上去，快點。」

「？？？？？」

妹妹提出的要求，讓我完全搞不懂是什麼意思。

幾分鐘後——

「好啦，這樣可以嗎？」

我穿著喜歡的連帽粗呢大衣回到「不敞開的房間」。

紗霧這時才總算把房門打開，讓我看見她的身影。

那是穿上和式棉襖後圓滾滾的模樣。

是我前幾天才送給她的禮物。

……太好了，看來她有在穿。

紗霧沒有察覺到我的想法，只顧著看我的服裝。

「……哥哥，你總是…………穿這樣出門嗎？」

「是這樣沒錯……有什麼奇怪的地方嗎？」

——哥哥，你好土。

要是被這麼說，該怎麼辦……最近好像有在網路上看到「連帽粗呢大衣看起來很宅」之類的報導……

當我內心正提心吊膽時。

「不、不會……沒有奇怪的地方。」

紗霧搖搖頭，接著繼續仔細觀察。

「……………哦…………圍巾呢？」

「我不太圍圍巾耶，會刺刺的，我不是很喜歡。」

「！……哼、哼嗯，是這樣啊。」

「這有什麼問題嗎？」

「……沒事。哥哥，你稍微把一隻腳抬起來。」

「？？？這、這樣嗎？」

這是什麼意思？是打算拿來當作插畫用的資料嗎？

「對。就這樣不要動……稍微讓我看一下。」

紗霧在我腳邊微微蹲下，然後用認真的眼神盯著我的腳底看。

等等，靠那麼近的話……總覺得很不好意思……

「哥哥……你的襪子，只有白色的嗎？」

「嗯，就只有學校規定的而已。」

「冬季專用那種穿起來很溫暖的，你沒有嗎？」

「是沒有……」

為什麼要問我這個呢？

「因為會刺刺的，所以你不喜歡毛線之類的材質嗎？」

「也不是那樣啦，就只是剛好沒有而已……畢竟沒辦法穿去學校。」

「會覺得說如果有一雙就好了嗎？」

「會是……會啦。」

所以說為何要問我這個啊？

為什麼我的妹妹會對哥哥的襪子這麼有興趣？

夏天集訓時，她也想要妖精的襪子來當成禮物……

啊！難道說……紗霧她……果然是……………………………異常熱愛襪子的變態嗎！

「哥哥，你現在，在想些失禮的事情對吧。」

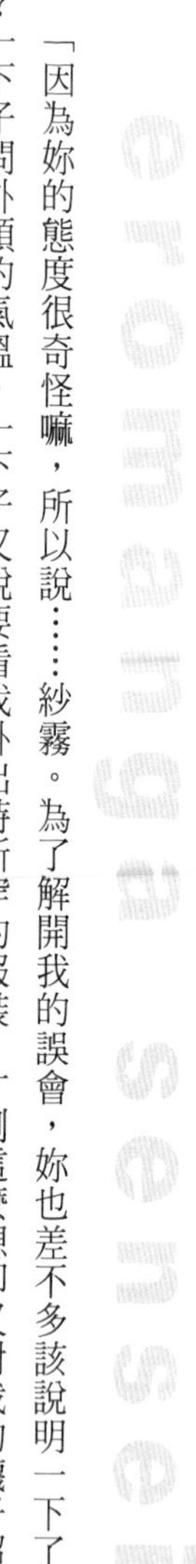

「因為妳的態度很奇怪嘛，所以說……紗霧。為了解開我的誤會，妳也差不多該說明一下了吧？一下子問外頭的氣溫，一下子又說要看我外出時所穿的服裝。才剛這麼想卻又對我的襪子超級執著……妳到底在打些什麼主意啊？」

或者該問說，聖誕派對的事情跑到哪邊去了？

我原本應該是來跟紗霧討論這件事的啊。

「才不告訴哥哥。」

紗霧重複一次跟剛才相同的話。

「要辦聖誕派對也沒關係……等參加成員決定好之後就告訴我。」

妹妹只說了這句話，就磅的一聲把房間的門關上。

…………

這到底是什麼情況。

接著十二月二十四日到來，現在是聖誕派對當天的中午。

會場是我家客廳。裡頭的沙發全部被移到牆邊好挪出空間，中央擺設一張大型的桌子。接著再擺上跟人數相同的坐墊，可說是給多人參加用的派對規格。

雖然小，但我也有準備聖誕樹。

在這派對會場裡頭，現在聚集了眾多傑出的成員。

首先是我和泉征宗，坐在出入口這邊的中央。

「好啦！你們幾個！派對要開始嘍！」

右邊是住在隔壁的輕小說暢銷作家山田妖精。原本以為她今天也會穿著跟平常一樣的蘿莉塔裝扮——但卻不是，沒想到是角色扮演成穿著迷你裙的聖誕老人來參加。

不過這理所當然地很適合她，而且也很可愛。光是有她在場，氣氛就會變得開朗起來。

左側則是坐著跟我在相同文庫活躍的招牌作家千壽村征學姊。她穿著跟聖誕節毫無關係的和服裝扮，然後緊緊盯著聖誕妖精看。

「唔……妳、妳這……卑鄙小人。居然穿上這種不知羞恥的裝扮想吸引注意……！」

她一臉不愉快地低聲說著。妖精察覺到這視線以後——

「啊，妳很羨慕嗎？太好了～～其實本小姐也有準備好一套要給妳穿喔！」

「誰、誰要穿啊！這種不三不四的服裝！為什麼會講到這邊去……！」

「征宗可是說過『我好想看看村征學姊角色扮演聖誕老人喔～～』這種話喔。」

我才沒說過！雖然好想看！

「……什、什麼……？唔……可、可是這種……但是……唔嗚嗚。」

學姊在羞恥心作祟下滿臉通紅，而且還不停懊惱著。

妖精則看著她露出邪惡的笑容。

最近這兩個人的關係大概就像這樣。

接著是我的後輩作家獅童國光老師——本來是想要介紹他的，但很遺憾地今天他並不在場。因為他突然有緊急會議要參加。

居然在聖誕節接聽編輯部打來的電話……真是愚蠢。

「小妖精！衣服有多的話，可以讓我也扮裝成聖誕老人嗎？」

從我正面朝妖精探出身體的人是惠。平常就很會打扮的她，今天更是盛裝登場。成熟的連身裙配上黑色褲襪，嬌小的嘴唇散發出嬌豔光澤。現在雖然已經脫下來了，但她還很文雅地穿著一件豔麗的外套。

正在勸說村征學姊的妖精，對惠的提案發出「唔～～嗯」的聲音煩惱著。

「讓想穿的人穿上去也不有趣啊～～而且那是買給村征的，所以尺寸應該不合吧？」

「小妖精好過分喔～～妳的意思是如果我穿上給小村征的聖誕老人服，胸部的尺寸就會不合嗎？我可是還滿有料的喔～～對不對啊，哥哥♡」

「為什麼要問我！」

「咦～～你明明就知道的呀～～」

我可沒有任何知道惠胸圍尺寸的機會啊！居然還刻意在那邊裝得忸忸怩怩的！

「真是，竟然在紗霧面前講些多餘的話……」

唉，我嘆口氣。

可是啊——惠這傢伙……還真是超快就跟大家混熟了。

明明老是讓對方生氣，可是卻在不知不覺間——就跟大家變得很要好。太可怕了……這就是交朋友專家的力量啊。

「阿宗，謝謝你今天招待我過來喔！人氣輕小說作家們參加的聖誕派對，對喜歡輕小說的人而言根本就是天堂呢！」

惠的左邊是高砂智惠。她是我的同班同學，同時也車站前的書局「高砂書店」的招牌女店員。貝雷帽配上毛衣這種文學少女風格的打扮，非常適合有著一頭黑色長髮的她。

「不客氣，這如果能當成那時候的謝禮就真是太好了。」

「那時候是指？」

看來話中含意沒有傳達給她，智惠疑惑地側著頭。

「就是那時候呀，妖精不是闖進學校裡頭嗎？如果妳沒有幫我圓場的話，也許會演變成更大的騷動。」

「啊～～有耶，的確有這回事！」

雖然這是從班上的男性朋友那邊聽來的——

我跟妖精逃離教室之後，現場理所當然地陷入騷動之中。讓這情況平息下來的，不是別人就是智惠。不過我是輕小說作家這件事雖然被大家知道了，但她似乎用「不要對他起鬨得太過分喔」這句話順利整合大家的意見。

她還順便說了句「那孩子應該是為了捉弄阿宗才跑到學校來的吧？」來打圓場，幫忙減輕了

男性學生們的殺意。這招實在太高超了，智惠大人真是太棒啦。

「這讓我覺得人生果然還是要有知心好友才行，讓我再次道謝吧。」

「我都說過不用道謝啦，你還真是老實。」

智惠害羞地把手擺到後腦杓。

「話、話說回來——」

智惠緩緩環視會場。

於是——

「呼呵呵。妳看，果然沒辦法穿吧！哎呀哎呀～小惠妳不是對胸圍很有自信嗎～？怎～～麼胸口變得空蕩蕩的呢～～？」

「咕唔唔唔，這、這實在不可能呀～～～～～～～～～～～！小村征妳的胸部尺寸到底有多大啊！」

「這、這怎麼說得出口！妳這蠢蛋！呀啊！不、不要亂摸啦！」

智惠的視線前方是妖精她們離開桌子，正背對這邊在大吵大鬧。這些傢伙居然講些這麼不知羞恥的女性話題。

我明明也在場的說……

智惠點點頭闡述感想：

「山田妖精老師、千壽村征老師、惠惠……然後還有我。大家都好可愛呢，這裡充滿了美少女嘛。」

竟然若無其事地把自己歸類到美少女裡頭。

「嗯……我說，阿宗啊。」

智惠把臉靠過來，在不讓其他成員聽見的情況下小聲說：

「誰才是你的真命天女呢？」

「噗……！」

我把飲料噴出來。

「智、智惠！妳、妳突然說些什麼……」

「問我說什麼，你不是有喜歡的人嗎？之前你有說過吧——就以前我跟你求婚的時候。」

「這句話會招來不必要的誤會所以快別說了。」

那些傢伙沒有聽到真是太好了……！

唉，我有說過，的確是說過——

『如果阿宗寫出能夠動畫化的暢銷作品，然後跟山田妖精老師一樣大賺一筆的話——』

『大賺一筆的話？』

『……要我當阿宗的新娘子……也可以喔。』

『完全不隱瞞金錢才是妳的目的喔！』

過去有過這樣一段對話。

我那時候……

『免了，我有喜歡的人。』

應該是這麼回答的吧。

「你喜歡的人——有在這裡頭吧？」

「…………………」

智惠的問題，讓我稍微有些迷惘。

「有喔。」

「哦……會是誰呢？妖精老師？或者是……村征老師？難道是惠惠——應該……不是吧？」

「這個嘛，會是誰呢？」

「該不會…………」

智惠這時先是有一瞬間的停頓，接下來用像是在戲弄我的輕佻語氣說道：

「是我吧？」

我也仿效她，輕佻地回答：

「才不是。」

「這樣呀。可惜，太可惜了。」

智惠露出笑嘻嘻的表情。

雖然因故延遲了——但是關於最後一位參加派對的成員，請容許我說明一下。

我跟以往一樣抱著平板電腦。

「……妳還好吧？」

「……嗯……嗯……………………沒、沒問題。」

按照慣例，出現在畫面上的是戴著動畫角色面具的「情色漫畫老師」——不過這次並不是。

令人驚訝的，這次是「原本面貌的紗霧」出現在上頭。

說到為什麼會是這情形，是因為這場派對有智惠跟惠參加的關係。她們兩個都不知道我的妹妹紗霧就是情色漫畫老師。

我也不打算在這裡揭露。

因此，只能用「情色漫畫老師不能參加，但是我那家裡蹲的妹妹紗霧要參加派對」這種名目來進行。

紗霧則表示「最糟的情況下，只要別暴露給小惠知道就好了。」這樣的意見。

不過萬一曝光，要讓智惠保密似乎滿簡單的，但是另一方，如果讓同班的女生知道自己是「最喜歡畫色色插畫的情色漫畫老師」的話——對國中一年級的女生來說，的確會討厭這種事情吧。

今天我的妹妹她——

不是以「情色漫畫老師」而是以「紗霧」的狀態，跟大家一起參加派對。

這是紗霧用自己的意志所決定的事情。

雖然可能講得很有點誇大……但我覺得，這應該是一大進步。

我低頭看著胸口的平板電腦。

「……………玩得開心點吧，紗霧。」

「…………嗯……」

她傳來細微的回應。

我緩緩環視房間。桌上除了聖誕節蛋糕以外，還有倒了無酒精香檳的酒杯並排擺著。料理因為妖精提出「某個提案」的緣故，所以現在還沒拿出來。討論著女性話題的那群人，現在也都回到桌子旁邊。

看來大家都已經準備ＯＫ了。

「好，那麼——開始吧！」

我稍微舉起酒杯。

「「聖誕快樂！」」

聖誕派對開始了。

「那麼馬上開始進行交換禮物吧！」

迷你裙聖誕老人裝扮的妖精老師，立刻開始主導。

交換禮物——這是事先就有通知大家說要進行的活動。

參加成員一個個依照順序將禮物——不管是物品也好，食物也好或是表演才藝也好，內容是什麼都ＯＫ——公開。

「本小姐當成禮物的料理『聖夜之究極雞』，等愛爾咪來了以後就會拿出來。」

這道料理的名稱聽起來大概有４５００左右的攻擊力。

「妳說愛爾咪老師嗎，她今天會過來？」

「她好像會晚點來。她會帶來格～～外優秀的『表演（禮物）』，你們就超級期待著吧！」

妖精以大幅度的肢體動作來強調自己的主張。

一臉就像是在說，那是比自己的禮物，「料理」還要更厲害的東西。

「既然小妖精都這麼說了……那也許可以期待。」

紗霧小聲地說著——原本還會擔心她的狀況，但是到目前為止看來沒什麼問題。

雖然話講得比較少……不過還是有好好地在參加派對。

「交給本小姐吧，紗霧。」

妖精看著平板的畫面，跟紗霧四目相交——

這是她第一次直接講出名字，而不是叫筆名。

「…………有種，奇怪的感覺。」

「本小姐也是喔。」

她們兩人似乎都感到有些不好意思。

接著，妖精環視全體成員。

「這裡也有第一次見面的人在吧，本小姐來介紹一下。這位是征宗的妹妹，紗霧。」

於是——

「阿宗的妹妹。初次見面，我叫高砂智惠。」

「小和泉，謝謝妳今天找我來喔♪我超開心的♪」

「我是千壽村征。再次請妳多多指教——不用客氣，儘管稱呼我為大嫂吧。」

大家都各自向她打招呼。

…………村征學姊這個人到底在講些什麼啊。

對於這些招呼聲，紗霧她——

「～～～～～～～～～～～～～～」

變得滿臉通紅又低下頭，完全無法回答。不久後，她只小聲地說：

「…………才要…………謝大…………」

因為太小聲，大家一定都沒有聽見。

只有傳到我耳中。

我才要謝謝大家。

「各位，紗霧她——因為有些原因沒辦法走出房間。不過我妹妹的禮物，有先保管在我這邊。」

我將手掌大小的小盒子，分配給大家——還有我自己。

「來，請打開吧。其實我也不清楚裡頭是什麼就是了。」

一邊催促著大家，同時我也將自己的盒子打開。

放在裡頭的是——

「啊，這個……」

「喔～～……做得真棒呢。」

「哇……好可愛喔。」

「很棒耶！做得好漂亮！」

那是手掌大小，用毛線編織成的布偶。

妖精收到的，是仿照她的著作《爆炎的暗黑妖精》裡頭角色所作成的布偶。

村征學姊與智惠的是《幻想妖刀傳》裡的角色。

我則是《世界上最可愛的妹妹》裡的「妹妹（女主角）」。

然後，惠則是……

「……這個……難道……是我嗎？」

跟自己很相像的編織布偶。

在畫面裡，紗霧正低著頭。

自己的禮物被人盯著看，似乎讓她覺得很不好意思。

明明都在好幾萬人面前，展示自己畫的色色插畫了。

這種感覺真是令人搞不懂。

「……我從之前……就開始……練習……雖然編織得不太好看……不過能來得及……真是太好了。」

惠像是要代表大家一樣大聲地說：

「小和泉，謝謝妳！我會好好珍藏的！」

「……嗯……也不是……什麼了不起的東西……………………啊嗚嗚。」

「哈哈哈——小和泉也真是的，好可愛～～」

「～～～～～～～～」

我懂，讓紗霧感到害羞真是超有趣的。

接下來大家也繼續開開心心地交換禮物。

智惠的禮物是外國的兒童文學跟圖畫書，實在很像是書店店員會送的禮物。

村征學姊帶來的，意外地是可愛吉祥物的鑰匙圈。這個禮物獲得紗霧的強烈好評。

惠的禮物是帶有裝飾的髮圈、緞帶還有彩色假指甲之類，不管哪個都是很有女孩子風格的飾品。附帶一提，完全沒有任何男性用的東西——

「大家快看啊！本小姐試著將過去曾在網路上蔚為傳聞的『美少女輕小說作家征宗妹妹』創造出來啦！」

「怎麼可能……征宗學弟……竟然這麼可愛……！」

所以就發生了我被強迫扮成女裝的情況。

「惠，妳給我等一下！不要拍照！妳想拿來幹什麼！」

「咦？當然是上傳到網路上，然後給大家看呀。」

「快住手！」

順便說一下，我所準備的禮物……呢。

呃，那個……很抱歉真的完全不有趣，就只是很普通地買了文具而已。

這對學生跟小說家來說是必需品，而且以聖誕禮物而言可說是價位適中。雖然我覺得很不錯，但是在展示上就缺乏衝擊性了。

「喔！哥哥，你是要我用這個書籤來閱讀更多更多的輕小說對不對！」

「三色原子筆……還真普通又像是你會送的東西呢。不、不過……本小姐還是會用啦。還有這場派對結束後，你應該有打算偷偷送本小姐別的禮物吧？用不著隱瞞喔，你現在正露出那種表情嘛。」

「這鉛筆的圖案真可愛。撰寫戀愛喜劇小說時，就讓我拿來用吧。」

「那個……………阿宗……這該不會是在我家買的吧………………？」

……不過看來大家都很開心，所以就當作ＯＫ吧。

正當我們這樣交流的時候。

「嗨～～聖誕快樂！」

比大家晚了一個小時，愛爾咪也抵達了。

這個紅髮搭配眼角上揚的雙眼，然後異常適合穿刺繡外套的美少女是亞美莉亞・愛爾梅麗亞。

筆名是「愛爾咪」。

她是妖精的青梅竹馬，也是為妖精的著作《爆炎的暗黑妖精》繪製插圖的插畫家。這位多才多藝而且工作速度又快的人物，現在也負責我們兄妹的新作《世界上最可愛的妹妹》的漫畫版作畫。

我在玄關迎接這位愛爾咪，接著帶她來到客廳。

於是妖精最先產生反應，並迅速站起來。

「愛爾咪，妳也太慢了！」

「抱歉抱歉，那個東西比預定要晚來——咦？哇啊！是聖誕老人裝！」

「嘿嘿，很可愛吧！」

「超棒的！」

愛爾咪用力豎起拇指。

還是老樣子，這兩個人講話就像是男女朋友一樣。

愛爾咪近距離盯著我拿的平板電腦看。

「紗霧也聖誕快樂！」

「…………唔……嗯、嗯。」

「妳有沒有感冒？有好好吃飯嗎？可以現在就去擁抱妳一下嗎？」

「沒感冒，有吃飯，不行。」

看到愛爾咪溫柔關心著紗霧，讓惠產生強烈反應。

「！喔～～小和泉、小和泉，這位新來的美少女到底是何方神聖呢？」

「呃……這個人是……」

愛爾咪與紗霧，這兩個人的關係雖然稍微有點複雜……

「是姊姊。」

不過沒有任何影響，她們就跟親生姊妹沒兩樣。

我想跟紗霧「建構的關係」，也許就是像這樣的情感。

好羨慕，我是真的這麼想。

「沒錯，是姊姊喔。就叫老子美少女插畫家愛爾咪吧。」

「！騙人！是、是本人！唔、唔哇～～～～～～～～～～～～～～～～！我是妳的超級粉絲！我有看『剝奪面具生死戰』喔！」

身為輕小說迷的智惠變得非常激動。

剛才把村征學姊介紹給她時，也是這副德性。

不過看她這麼開心……有找她來真是太好了。

另一方面，惠則是跟平常完全沒變地直接找愛爾咪講話。

「啊，妳是幫妖精老師的書畫插畫的人吧。喔～～原來是小和泉的『姊姊』呀～～……等等

也許有很多事情想問妳——啊，抱歉我太晚自我介紹了！愛爾咪，妳好！我是神野惠，請叫我惠惠吧，請務必跟我成為朋友。」

「喔，請多指教啊，惠惠。」

這個瞬間，惠又多了一個朋友。

該說是太乾脆，還是說太簡單了呢。

兩名擅長強行貫徹自己行動的女孩子碰頭，就會變成這樣的初次見面啊……

正當我眺望全新的相遇時——

「征宗、征宗。」

愛爾咪露出有點邪惡的笑容，然後動動手指把我叫過去。

「？什麼？」

我毫無警戒地靠過去，結果她突然搭住我的肩膀。

「來，打個招呼。」

接著啾的一聲親了我的臉頰。

「！！！！！」

瞬間，我家的客廳閃爍著雷光，空氣就像凍結了一樣。

「阿、阿宗……難道說是這個女孩？」

智惠又產生了奇妙的誤會。

「妳、妳這傢伙……」

村征學姊用恐怖的眼神盯著這邊，惠則是用雙手摀住嘴巴做出「呀啊～」這種老套的反應。

「…………………………」

紗霧的臉我則是害怕得不敢去看。

「妳、妳這……這——」

「這到底是在幹什麼——！」

妖精代替因為僵硬而無法好好發出聲音的我大喊。

「亞美……愛爾……妳！」

她怒氣沖天的模樣非常符合激昂這個形容詞，接著迷你裙聖誕老人往這邊衝過來。

「妳說剛才那是在打招呼，到、到底是想幹什麼！妳、妳妳妳妳、妳這人！不是平常老是講說不打算跟男性交往！還笑著說如果是有其他喜歡的人的征宗就能成為好朋友嗎！可是卻又這樣！」

看著妖精在自己眼前怒吼，愛爾咪她——

「～～～～～～～～！」

露出興奮到打冷顫——的那種煽情表情。

……該說不愧是情色漫畫老師的「姊姊」嗎？說不定，這傢伙才是最變態的。

「是呀，我可不打算跟男性交往。」

愛爾咪依舊把手搭在我肩膀上緊緊擁抱住，然後若無其事地說著。

「妳講的話跟行動完——全不一致啊！之、之前本小姐就覺得可疑了！你們兩個！從愛爾咪的房間兩人一起回來的那個時候，有發生什麼事情對不對！絕對是這樣！這可欺騙不了本小姐的這雙『眼睛』！」

「艾蜜莉妳真厲害，完全猜對了耶。喔～～喔～～的確有呢，有發生些事情！對吧，征宗。」

「愛爾咪，妳根本就是完全計算過，才選擇講出這些話來的吧……！」

確實是有發生些「事情」啦！

讓她接下漫畫化的第一個條件。

——今後只要是在艾密莉面前，就要跟老子打情罵俏。

這傢伙跟我立下這種約定。

這是由於她想看妖精生氣的臉龐、想捉弄她，這種反常的動機。

「嘿嘿嘿。」

愛爾咪壞心地笑著。

——不過妖精很敏銳，如果演技太差不是會被看穿嗎？

——因為艾密莉是笨蛋，就算演技很差也能輕鬆騙過她喔。

……結果，就跟這傢伙所說的一樣。

「再說一遍，我們並沒有在交往，剛才那只是朋友間的『打招呼親吻』而已。這在日本以外的國家很普通啦。」

「怎麼可能很普通！朋友之間的親吻，才不會是那麼煽情的表情！」

「…………咦……騙人……我……老子，是那種……表情嗎？」

被妖精指出這點後，愛爾咪第一次產生動搖，臉頰也染上紅暈。

看來她對於自己是怎麼樣的表情，似乎並沒有自覺。

這時不知不覺間，村征學姊無聲無息地逼近，然後拿出和風的小鏡子照向愛爾咪。

「就像這樣，很不知羞恥的表情吧。唔，多、多麼……淫靡的漫畫家啊！原來如此，情色漫畫老師Great這名字取得真貼切！……給我乖乖坐好，我現在就來制裁妳！」

「這女人還是老樣子，一臉正經地講些危險的事情！」

愛爾咪拚命抵抗村征學姊的物理攻擊。

這兩個人大致上也都是這副德性。

「妳、妳們夠了吧！」

我戰戰兢兢地看向平板電腦的畫面。

同時愛爾咪也繞到我背後，對紗霧講說：

「喂，紗霧。妳也別默不作聲的，沒有想說些什麼嗎？快看啊，哥哥可是要被老子搶走嘍。」

「不、不是這樣的，紗霧！妳聽我說！我就直接講明白了，這是愛爾咪的——…………紗、紗霧？」

「…………………………………………」

「嗚哇。」

我跟愛爾咪兩人一起身體僵硬。

喂……紗霧現在……真的超級不高興啊！根本就是怒火衝天……！

她的嘴巴用力扭曲成ㄟ字形，下巴也皺成「梅乾」的形狀……

整個人像是點燃導火線的炸彈一樣。

我無比焦急，狠狠瞪向愛爾咪，快速地低聲說：

「喂，愛爾咪。快想想辦法。」

「為、為什麼要推給老子！老、老子跟你定下的就是這種契約吧……！就是要互相讓對方的對象產生嫉妒……」

正當我們醜陋地推卸責任時——紗霧喃喃說出一句沉重的話。

「……………………最討厭你們了。」

「紗霧，對不起——！」

「都是姊姊我不好——！」

我們像是在比誰快站起來，往「不敞開的房間」衝去。

就這樣——

愛爾咪企圖執行的「為了讓妖精&紗霧嫉妒所以要打情罵俏作戰」，輕易地曝光了。

我跟愛爾咪兩人拚死謝罪，總算獲得紗霧與妖精原諒之後。

聖誕派對重新開始進行。

大家（當然，這包括待在房間裡的紗霧）一起開心享用妖精當成「禮物料理」的「聖夜之究極雞」，現在輪到愛爾咪公開她的「禮物」了。

「最後是老子的禮物——或者該說……」

「這是本小姐跟愛爾咪兩個人共同的禮物。」

愛爾咪說到一半的話，由妖精接著說完。

「大家一定都會大吃一驚！」

妖精這傢伙看起來還真很開心。

愛爾咪帶來的「禮物」到底是什麼呢？

「我想大家一定都會很高興……所以紗霧，妳就別再生氣了嘛～～好不好？」

「……我沒有生氣，妳不要隨便跟我講話。」

「妳根本就超生氣的嘛。抱歉啦，老子也沒想到妳對征宗居然這麼地……」

「不、不行！如、如果再繼續說下去的話！我就再也不承認妳是『姊姊』了！」

「知、知道了啦，老子不會再說了……」

愛爾咪雙手拿著平板電腦，把臉靠上去跟紗霧對話。

愛爾咪被紗霧講到啞口無言的模樣，跟平常的我很相似。這種感覺真是奇妙。

「喔喔……原來如此呢～～果然今天有來真是太好了♪在各方面的意義上。」

惠講出意義深遠的低語，接著她朝向妖精愉快地說：

「所以禮物是什麼呢，小妖精？」

「惠，妳這問題問得好！我們所準備的珍貴禮物就是——」

妖精從愛爾咪那邊接下薄薄的光碟盒，然後高高舉起。

「動畫版《爆炎的暗黑妖精》第一話！現在就要在這裡舉辦放映會！」

我從那光碟盒上看到耀眼的光輝。

不用我多說，因為妖精和愛爾咪帶來的「聖誕禮物」——是我們兄妹的目標終點，也可以說是夢想的結晶。

客廳的沙發被恢復原狀，所有人都集合在電視機前。

妖精坐在沙發的中央位置，她的左邊是智惠，右邊則是惠。

因為實在不可能五個人一起坐，所以我跟村征學姊還有愛爾咪就站著看。

我拿著的平板電腦——也就是紗霧則發出「……看不清楚」這種不滿。

「大家當然都已經知道了吧！接下來要播映的，就是本小姐山田妖精擔任原作的《爆炎的暗黑妖精》動畫第一話！愛爾咪去把才剛出爐的熱騰騰白箱拿來了！對吧？」

「喔，這可是幾個小時前才剛完成的喔～老子就是去拿這個才會晚來。」愛爾咪這麼說著。

「你們可是超級幸運！這部……二十一世紀最棒的動畫傑作，可以比電視播映提早半個月觀賞到！」

「我有問題，什麼是白箱呀～～？」

惠起勁地舉手發問。

為她解答的是智惠，她豎起一根手指擺出解說的姿勢。

「惠惠，白箱就是——」

所謂的白箱，是在播放前發給相關人士的樣本影片。原本是用來稱呼放在白色盒子裡的「錄影帶」，不過現在大多是以白色的「ＤＶＤ光碟」發送。

不過最近這名稱也成為動畫的標題了，所以應該也有不少人知道吧。

「——就是這樣的東西，明白了嗎？」

「明白～～！」

惠很有精神地回答，我也看著妖精說：

「說不定真的很幸運。那就拜託妳解說啦，原作者。」

「交給本小姐吧！」

妖精露出閃閃發光的笑容，並豎起大拇指。

「……小妖精她好像很開心。」

紗霧露出微笑，看著興奮不已的妖精。

「那也是當然的啦……當夢想實現時，我想必也會一樣高興吧。」

自己思索、創造出來的角色被改編為動畫，在裡頭活動、講話、創造出故事。

娛樂眾多觀眾，並且獲得人們的喜愛。

動畫化是作品與角色們最盛大的舞台。

要比喻的話……說的也是，可能就像是自豪的女兒在學校的才藝演出擔任主角一樣吧。

「…………好羨慕。」

妹妹的低聲細語，我清楚聽見了。

如果紗霧本人就在現場，我想把手放在她頭上並且跟她說：

「不需要去羨慕別人。總有一天——我們兩個人也會一起達成夢想。」

惠像是要跟人分享喜悅般，身體非常期待地搖來搖去。

「小妖精，這是那麼厲害的動畫嗎？」

「呼呵呵呵！本小姐也還沒有看過！不過，當然是超厲害的啦！」

妖精抬頭看著站在身旁的愛爾咪的臉龐。

「畢竟原作是本小姐們這組超級天才搭檔的作品啊！愛爾咪還擔任角色設計，連版權用圖都幫忙畫了呢！」

愛爾咪露出溫和的笑容。

「艾蜜莉妳不也是不管劇本會議或是配音都有跑去參加，自己撰寫劇本——還很有毅力地監修，真的很努力呢。」

「是啊，這是大家一起花了好幾個月創造出來的動畫！」

我知道，這我非常清楚。

畢竟她三不五時就講來炫耀…………

跟妖精認識之後，已經過了半年以上。

這段時間裡……她懷抱著多麼強烈的熱情配合動畫的製作……到底有多麼拚盡全力，又有多麼得意忘形並興奮地大吵大鬧。我一直都在她身旁看著。

她曾經被編輯斥責，邊哭邊工作過。

也曾經因為沒有遊玩的時間，所以不停向我抱怨。

還曾經蹺掉工作跑去玩，然後無所畏懼地斷言說玩遊戲才是她的工作……這傢伙身為作家的態度，是不是真的跟垃圾沒兩樣，我也認真懷疑過十幾二十次。

不過……

結果妖精連一次拖稿的情況都沒發生。

她穩定地以三個月的間隔繼續出版原作小說，同時還順利完成數量龐大的動畫版工作。

那是令人驚嘆……也值得尊敬的工作態度。

……雖然會不好意思，所以絕對沒辦法對本人這麼說。

但是能像這樣一起觀賞她的成果，真的讓人非常開心。

「…………好啦……終於就要開始嘍。」

妖精在電視機的正面握住遙控器。她的手微微顫抖著……即使是她，這種時候也會感到緊張，這讓我對她懷有好感。

妖精將口水嚥下。

「開始！」

她喀嚓一聲按下按鈕，我家的電視開始播放影片。

一開始顯示出來的是10這個數字。

接著是9、8、7……數字不斷切換。

然後——

「喔，有影像了。」

「…………………………真的會很有趣吧？」

「哇啊，總覺得開始緊張起來了呢♪」

「噓，要開始嘍。」

接著開場戲（片頭動畫開始前的影像）終於開始了。

這裡跟原作小說《爆炎的暗黑妖精》開頭相同，是由黑髮褐色皮膚的主角（暗黑妖精）所展開的戰鬥場景。

身材高挑又是個美男子，披著漆黑的外套。

他無比強悍，個性粗暴又自我中心。

雖然因為某些原因而有些叛逆，但是卸下心防後的性格——就會像孩童般天真可愛，現在似

乎非常受到國高中生的喜愛。

主角奔馳在茂密的森林之中。

箭矢有如驟雨般射來，他用大彎刀將其揮開與閃躲的同時，也不停撥開草木奔跑著。

如果跟原作相同，接下來他就會誤闖聖域，在「光之泉」與命中註定的女性邂逅。

以動畫來說，第一話的開場戲可說是「最初的決定性場景」。

也就是所謂引人目光之處，可說是對觀眾的先制攻擊。

這部分真的是用充滿魄力的作畫還有音樂超帥氣地——

沒有好好表現出來。

「…………」

「……………………………………」

「……………………………………………………………………」

現場所有人都僵住了，露出難以言喻的表情默不作聲。

內心實在太過沉痛苦悶，也不想說明理由。

我家的客廳裡頭充斥異常的沉默。

我稍微窺探原作者的表情。

「…………………」

妖精淚眼汪汪地顫抖著。

那就像是被告知親人過世之後的悲愴表情。

只要稍微給點刺激，持續繃緊到現在的神經感覺會立刻斷裂。

……實在很難出聲發言。

原本呆呆站著的愛爾咪迅速轉身，搖搖晃晃地走出客廳。

沒有人能夠追上去。

畫面上依然播放著言語難以形容的動畫。

「……………………………………」

放映會的會場，瀰漫著彷彿像是葬禮的氣氛。

這時站在我身旁的村征學姊很乾脆地說：

「這根本是垃圾動畫吧。」

「妳……！」

啪！我往偉大的學姊頭上打下去。

居然講出來了！這個笨蛋竟然講出來了！

雖然妖精跟村征學姊以外的所有人，大概都有同樣的想法吧。

村征學姊用惹人憐憫的表情按著頭。

「……你幹什麼，很痛耶！」

「什麼我在幹什麼，妳這笨蛋！」

「笨、笨蛋……？」

村征學姊雖然一臉好像受到沉重的打擊——

但是她沒搞懂！她絕對沒有搞懂……！

「征宗學弟，你到底在生氣什麼？我平常沒什麼在看動畫，也沒有分辨好壞的眼光，但這不管怎麼看都是垃圾動畫吧。完成度糟透了，該不會是不小心拿到未完成品吧？」

「難道妳沒有慈悲之心嗎！」

太過分了！既然氣氛已經被破壞殆盡所以我就直說了——

的確！這部動畫從最初的場景開始，主角的臉孔就歪了，背景也很隨便，手腳的動作也很詭異！

「我有做過功課，所以知道喔！這就叫『作畫崩壞』的情況呢！」

「惠，妳稍微安靜一下，好嗎？」

學姊也好這傢伙也好……不管怎麼說，在這邊講這種話可不是開玩笑的！

如果是一名粉絲或是一位觀眾在抱怨的話，那也沒有辦法。

可是在那麼高興……還充滿自信地展現作品給大家看的原作者本人面前，怎麼能講得這麼白！

「妳們要想想妖精是懷抱什麼心情……從好幾個月前開始，就拚命創作到現在……」

「那個成果就是這東西啊。」

村征學姊用有如冰霜般的冷淡聲音說著。

妖精的肩膀因此顫抖一下。

然後嘩啦嘩啦地流下淚水。

「嗚噫……嗚………………噫………………………嗚噫噫。」

「別哭，妳這蠢貨。」

村征學姊把遙控器搶過來，將影片暫停。

「我對自己作品的動畫打從心底覺得可有可無，也沒有興趣。因此也完全不碰相關的事務，可是妳並非如此吧。使出全力想跟大家一起創作最棒的動畫，並且也著手創作了。妳不是經常這樣誇口的嗎？說要藉此讓更多的人閱讀比動畫更加有趣的原作小說，讓全世界的人類都獲得感動，妳不是這樣述說那遠大的夢想嗎？——結果卻是這種慘況，真是惹人發笑。」

「喂！這麼講也太過頭了！」

我用力抓住村征學姊的肩膀，想要制止她。

結果她狠狠瞪我一眼。

「你閉嘴。」

接著學姊再度看向妖精——而且還是輕蔑地俯視她。

「看來妳的夢想沒有實現。妳現在背叛讀者的期待，徹底敗北了。這麼一來，現在妳該做的事情不是悲哀地消沉哭泣。而是立刻著手思考，然後採取行動。雖然我不懂動畫相關的事情……但是身為原作者，應該還有些事情可以做。也許還有方法能夠減輕敗北所造成的傷害，也許還有能從失敗中學習的教訓——所以現在立刻就去做。」

她的聲音冷徹到令人恐懼，完全不帶有任何同情。

但這都是為了對受到強烈打擊而失去判斷力的同行狠狠踢一腳，好讓她能夠恢復原狀——我可以感受到這種強烈的意志。

嗯……這也是屬於她的溫柔吧，這點我明白。

雖然明白……而且，也算是合情合理……

別哭，不要消沉。

失敗的時候才更是要迅速振作起來，重新自我思考，並為了更好的未來而行動……話雖如此，但對於精神才剛遭受到重大打擊的女孩子來說，這種亂來的要求也該有個限度。

「學姊妳是魔鬼嗎？如果想做就能做到的話，就沒有人會產生煩惱啦。」

村征學姊在妖精面前單膝跪地，看著她的眼睛這麼說：

「妳的話就辦得到。」

「妳可是超級天才暢銷作家大人吧。快給我復活過來，妳這蠢材。」

學姊啪的彈了一下妖精的額頭。

雖然語氣依舊冷淡，但卻是全力激勵對方的話語。

「……嗚……咕……咕。」

這就像是火焰點燃時的感覺。

「……唔！」

妖精無言地站起來。

她咬緊牙關。

用袖子拭去淚水

然後緊握雙拳。

「征宗！」

「是、是的！」

「全力安慰本小姐吧！」

「……啥？」

我吃了一驚，結果妖精朝著我用力張開雙手。

「擁抱本小姐吧！」

「什、什麼？」

「快點！不然本小姐！又要哭出來了喔！」

跟宣言相同，她的眼眶又充滿淚水。

配上露出肚臍的迷你裙聖誕老人裝扮，這破壞力實在無比驚人。

「唔，但、但、但是──」

我根本不可能辦到吧！雖然希望妖精能打起精神，也的確想安慰她……但怎麼能對紗霧以外的人──呃，為什麼我會想到那邊去！

「快點，要哭了喔！嗚嗚……本小姐要哭了喔！現在立刻抱緊本小姐，然後說好乖好乖，讓本小姐在你的胸膛哭泣！這麼一來，必定能立刻復活──」

這時突然傳來啾的一聲！妖精的臉整個被抓住了。

「呀啊啊！好痛痛痛痛！」

「少、少給我得意忘形了妳這色胚亞人種！不用搞出那麼令人羨慕──不對，那麼寡廉鮮恥的小動作，妳早就已經復活了吧！」

這是憤怒到滿臉通紅的村征學姊所做出的動作。

「好痛好痛！妳這傢伙！誰、誰叫妳用鐵爪功抓住本小姐！這是什麼力氣！妳是猩猩還是什麼嗎！」

「我已經如妳所願緊緊抱住妳了吧！接下來妳想要被說好乖好乖是嗎？不用客氣，好好跟我撒嬌吧──好乖好乖好乖好乖好乖好乖好乖！」

學姊就這樣猛力抓住妖精的臉，激烈地前後搖晃。

可憐的妖精只能發出「等、等等，好痛——」這類不成句子的哀號，任人搖晃甩動著。

該怎麼說——完全是跟平常一模一樣的情景。

……不過，妖精能打起精神真是太好了。

「呵呵。」智惠也稍微忍不住笑了出來，紗霧則在畫面裡鬆了口氣。

看著妖精與學姊的惠，也喃喃地說：

「這種朋友間的關係還真新奇，妳們兩個真的很要好呢。」

「誰、誰會……跟這種傢伙當朋友啊。」

村征學姊把手從妖精的臉上放開，然後慌忙否定。

「好痛好痛……」

這次換按著臉龐還淚眼汪汪的妖精噗哧一聲笑了出來。

「真是的～～雖然能理解妳是想給最喜歡的本小姐打氣才變得這麼拚命，但是就不能再溫柔點嗎？」

學姊把手扠在胸前並且將頭別過去。

「哼……妳可別搞錯了。對我而言，妳的小說依舊不有趣……但是妳的夢想，也許有朝一日會創作出了不起的作品。我只是因為這麼想……所以才會適度給妳一些屈辱……讓妳發憤……圖強……」

「果然是很喜歡本小姐嘛。」

「就、就說不是了嘛！妳有在聽人說話嗎！」

「好好好，謝謝喔。好啦，那這樣就要回應期待才行！好，復——」

正當事情告一段落——的這個時候。

「——活。」

客廳的門突然打開，剛才走出客廳的愛爾咪回來了。

她舉起一隻手用輕佻的聲音說：

「抱歉抱歉～～剛才的影片是最終檢查之前的東西啦。來，這邊才是完成版的白箱喔♪」

「…………」

現場轉回寂靜。

「妳在開什麼玩笑————！」

原作者的怒吼，高聲響徹客廳。

幸好，完成版《爆炎的暗黑妖精》第一話的製作水準，真的是棒透了。

聖誕派對結束，當大家都回去之後。

我跟妖精兩個人一起整理客廳。

「也沒有弄得很亂，所以妳也不用特地幫忙啊。」

「沒關係沒關係。」

妖精很開心地把甜點的空盒子丟進垃圾袋裡，然後不時往這邊偷瞄。

「好啦，這可是等候已久的……兩人獨處喔。」

「？」

我疑惑地歪著頭。

「看就知道只剩我們兩個人啦……但等候已久……是什麼意思？」

「呼呵呵呵，哎喲～～你還在裝傻♡」

妖精心情愉悅地把手抵在嘴上笑著。

「就是禮物啊，禮物……你有準備吧，要把『特別的聖誕禮物』送給深愛的本小姐。」

「沒有啊。」

「咦？你、你又在說笑了～～」

「沒、沒有啊。」

「…………………」

妖精瞬間面無表情地僵住了。

「騙人！你、你剛才——」

還有這場派對結束後，你應該有打算偷偷送本小姐別的禮物吧？

「——被本小姐這麼一講，你不是露出被說中的表情嗎！」

「那個啊……妳說那個喔。派對結束之後……我是有想要送別的禮物啦……送給妹妹。」

「本小姐什麼時候變成你妹妹了？」

「才沒有變成！不是要給妳……是要給紗霧的禮物。」

「…………」

轟隆！妖精受到強烈的打擊。

好、好像讓妳誤會了，真抱歉喔……

「是……是是是、是喔！妹、妹妹！要給紗霧是吧！哼、哦！是喔！沒有要給本小姐的禮物啊！——本小姐才沒有不甘心！這本小姐早就微微察覺到了！」

妖精瞇起眼睛還嘟起嘴巴，用整張臉龐表現「不高興」的心情。

「妖、妖精？」

「不知道啦，請你不要跟本小姐講話！」

「喂，喂喂——」

妖精無視我叫住她的聲音就自己跑走了。

「那、那傢伙是怎樣啊……」

明明是自己誤會還對別人生氣。

不過我還是有些罪惡感，畢竟平常就常受到對方的照顧。

正當我思索著要怎麼跟妖精和好時，天花板咚咚地搖晃。

……過來一下。

是這個意思。

「……應該不是……已經肚子餓了吧？畢竟才剛吃過……我還以為她已經累到睡著了。」

在納悶的同時，我離開客廳前往「不敞開的房間」。

因為是個好機會，所以我先回房間拿了要給紗霧的禮物。

幾分鐘後，我在「不敞開的房間」與妹妹面對面。

我把要給紗霧的禮物放進紙袋，用一隻手拿著。

「紗霧，怎麼了嗎？」

「…………………………………」

穿著和式棉襖的紗霧，就這麼站在我面前保持沉默。

她低著頭把雙手擺在背後，並且忸忸怩怩地搖晃身體。

紗霧遲遲沒有回答，不過這種事對這位妹妹來說是家常便飯，所以我也絲毫不著急地等待對方開口。

「…………………………………………」

又過了幾十秒，紗霧依然沒有開口講話。

她的臉頰漸漸變紅，是因為冷氣開太強的緣故嗎？

看著妹妹這副模樣雖然很有趣，但也許還是稍微營造出好開口講話的狀況會比較好吧。

「我說，紗霧。」

「咦……什、什、什麼！」

喂……為什麼會這麼動搖。

明明是妳叫我來的……難道是做了什麼虧心事嗎？

「聖誕派對很愉快呢。」

「嗯、嗯！」

「妳的祕密也沒有曝光……交換禮物也……」

「！」

當我講到「禮物」時，紗霧的肩膀突然開始顫抖。

「？……交換禮物也……」

「！」又開始顫抖！

「禮物。」

「！」還是在顫抖！

「禮物是有發生什麼事情嗎？」

「沒事！什麼都沒有！」

「是、是嗎？」

看來是有。不過她似乎不想被追問，所以還是繼續說下去吧。

「交換禮物也進行得很熱鬧呢。惠說她要來參加時，本來還想說不知道會變成怎麼樣……」

「…………………………小惠她，好厲害。」

紗霧只有喃喃說了這句話。她是個不擅言詞的人，所以這句話應該包含了種種的想法在裡頭吧。

……看來我的妹妹語翻譯技術還差得遠。

「她好像，跟大家都處得很不錯……太好了。」

「是啊。該說真不愧是她嗎？惠那傢伙跟大家混熟的速度，真不是蓋的。」

「…………」

「怎麼了嗎？」

「……哥哥，還帶新的，女孩子來。」

「這說法會不會太糟糕了！」

「你跟胸部很大的智惠姊講話時……氣氛好像，很不錯。」

「才沒有那回事咧。」

「哦……算了，也罷。最喜歡胸部的哥哥，跟誰很要好……跟我都沒有關係。」

這傢伙也太在意胸部了。

「還有啊，妖精的動畫……也很棒呢。」

「嗯……完成版……好棒喔。片頭動畫的歌曲還有影像，都好帥氣。」

「是啊……雖然從妳那邊應該看不到……」

「？」

「……那傢伙看到片頭動畫的時候……稍微哭出來了。」

「…………………」

我們兄妹兩人暫時陷入沉默。

然後幾乎同時地低聲說：

「真不甘心。」

「不過，真的很棒。」

我想，兩邊都是真心話。

無法說出口的想法，不斷地浮現後又再度消失。

「我們也要更努力才行。」

「……嗯。」

「不敞開的房間」裡頭充滿溫馨的氣氛。

到剛才動作都還有些僵硬的紗霧，看來也稍微冷靜下來了。

「…………」

現在反而是我比較緊張。

會來到這邊不只是要問紗霧有什麼事情……還有把我的聖誕禮物送給紗霧這個目的。

我用力握緊抓住紙袋的手，毅然地開口：

「「……那個……」」

然後就跟妹妹的聲音重疊了。

「——————」

我們兩人一起僵住。

紗霧依舊把雙手藏在身後說：

「哥、哥哥……你先……請說……」

「喔，是——是嗎？那就……」

我因為預料外的狀況而陷入混亂，但還是將紙袋遞給紗霧。

生日那天因為太過害羞，所以沒有好好把禮物交給她。

為此反省之後，我盡量開朗又一鼓作氣地遞出去。

「這是要給妳的聖誕禮物！」

「咦……」

我從紙袋裡拿出綁著聖誕節配色蝴蝶結的毛線襪。

「因為妳的腳總是一副會著涼的樣子！所以我就試著編了毛線襪！」

「咦咦咦咦咦咦咦咦！」

紗霧大聲喊了出來，這讓我的困惑感更加強烈。

「……為、為什麼會在這個時機這麼驚訝？」

「才、才、才沒有……那個……是親手……編……的嗎？」

「是啊！因為妳那件『和式棉襖』我沒有辦法自己縫製，覺得有點不甘心。這次為了雪恥，就試著編織看看——以前老媽有教過，所以我稍微會一點點編織。」

「……我知道。你經常把編織玩偶……跟餐點擺在一起……」

紗霧的臉色不知為何開始發白，是怎麼了嗎？難道是……不喜歡我的禮物嗎？她不是異常喜愛襪子的人嗎？

「紗霧也是送給大家編織玩偶呢。」

「…………唔…………唔…………………」

怎、怎麼了？她的肩膀不停顫抖，感覺神情有點怪怪的……？

「呃、呃，好了，總之見識一下吧！這是集結我所有技術編織而成的襪子！我終於能夠編出有這種複雜花紋的東西了喔！」

「………………………………………………唔唔唔…………」

紗霧邊聽我炫耀，同時也變得汗如雨下。

我更進一步誇獎自己的作品。

「這織得很不錯吧。襪子這種東西看起來似乎很簡單，但是花紋跟穿起來的舒適感，還有得要顧及左右對稱。這是襪子用的毛線，所以我想穿起來應該不會覺得刺刺的才對。」

「……唔……唔……」

「雖然不是什麼了不起的東西……但是可以的話……」

「……咕唔！」

「跟和式棉襖一起穿，一定會很暖和喔。」

「…………………」

「…………紗霧？」

「……………沒事。謝謝，我很高興。」

但是台詞跟表情對不起來耶，看起來好像非常不開心的樣子喔……紗霧小姐？

「……我這邊也有些狀況……當然還是很高興，真的很高興……所以你不要在意。」

「是、是嗎？那就……好……所以……你找我有什麼事情……」

紗霧沮喪地垂下肩膀，然後雙手依舊藏在背後並這麼說：

「果然還是算了。」

「什麼？」

「……是我輸了，所以算了。」

「……呃……我不懂這句話是什麼意思……」

「……只是覺得……哥哥你果然……很厲害而已。」

紗霧變得淚眼汪汪。

結果這時候，我還是沒辦法問出紗霧「把我叫來的原因」。

情色漫畫老師
ero manga sensei
第二章

那是在一月上旬，出版社舉辦完新年會隔天所發生的事情。

「我想要妹妹親手做的巧克力！」

我內心的嘶吼響徹全場。

喔～～現場發出喝酒聚餐時有人表演才藝之後所發出的歡呼聲。

不，我可沒有去喝酒聚餐過喔。

我在掌聲中環視周圍。看起來很昂貴的矮桌上，擺著三人份的飲料。跟我一起圍在桌子旁邊的，是兩名帥哥。

「哈哈哈，還真像是和泉會說的話。」

這個穿著米色羊毛衫配上卡其褲，一副量產型大學生裝扮的爽朗系男子是獅童國光老師。他是位擅長製作甜點，年紀比我大的後輩作家。

他的人品就跟外觀一樣沉穩，即使對年紀比較小的我也很有禮貌，是個非常好相處的人……只要不喝酒的話。

「啊～～老子也好想要艾蜜莉親手做的巧克力喔。」

直接坐在地毯上，然後雙腳伸直不停動來動去的是亞美莉亞·愛爾梅麗亞——也就是超人氣插畫家愛爾咪老師本人。

跟平常的髮型不同，今天她將充滿特徵的紅髮在後腦杓綁成一束。牛仔褲配上男性用的夾克，這種裝扮乍看之下就像個超美形的男性。

當然她並沒有能用敘述戲法來混淆性別的餘地，而是位真正的女性——只是為了「今天的活動主旨」才會穿著男性的服裝吧。

順帶一題，這裡是愛爾咪她家的客廳。

事情的經過是這樣子的——

昨天舉辦的出版社新年會上，我跟席德兩人寂寞地在角落聊天。跟我同期的作家大多是話不投機的大叔，跟席德同期的作家則是被一個叫做和泉征宗的傢伙在「輕小說天下第一武鬥會」打敗，全都回鄉下去了。

所以我們沒有聊天的對象。

不，正確來說也不是沒有認識的人。

只不過……站在會場正中央最熱鬧位置的「他」——

「你們已經看過一月開始播出的『我的動畫』了嗎！如何？如何？超棒的對吧！原作重現的部分也很完美吧！呼哈哈哈！你們就好好看著吧！目睹我的作品切開輕小說地平線的模樣！」

就是各位看到的這副德性，實在讓人想刻意避開他。

單手拿著香檳纏著周圍其他人不放的，是草薙龍輝老師。也是從我出道當時就認識的作家。

現在出道第六年，還是二十幾歲。

也就是說，他是資歷比我多三年的學長。

今天的草薙學長把染成金色的頭髮綁在後腦杓，然後穿著似乎會在ＦＦ15登場的黑衣跟配戴銀製飾品。閃閃發光地散發出暢銷作家的氣息，並且展現出傲慢不遜的舉止。平常他並不是個會這樣大吵大鬧的人，但因為自己作品的動畫正在播放，所以很開心吧。

「……啊哈哈，總覺得讓人想起山田老師呢。」

這種得意忘形的言行舉止的確跟妖精很相似。一年前在新年會上交談時，該說他是很老實穩重，還是該說是個沉靜的人渣呢……總之應該是個在家一條龍，出外一條蟲的人才對……

「……唔嗯，輕小說作家一旦作品暢銷後就會變成那樣嗎……真是可怕。」

我跟席德一起遠遠地著草薙學長時……

「喔！在那邊的是！」

剛才講到的人，現在單手拿著香檳往這邊過來。

呃，被發現了。

草薙學長搖搖晃晃地走到我身邊。

「喂，和泉。好久不見啦～～～然後那邊的記得是叫獅童嗎？」

「……咦？」「啊……是的。」

「你們也來喝一杯～～～～～～～～～～吧？」

「不行！我還未成年！」

「啊，我也不行……責任編輯告誡我說『如果今天喝酒的話就讓你丟掉飯碗』……所以，抱歉。」

看來連編輯部都知道席德的酒品有多差。

被我們冷漠拒絕的草薙學長，直接露出不滿的表情。

「什麼啦～～！你們不肯喝我的酒嗎！」

「如果是別的日子再邀請我們的話……」

「好吧那就這樣……絕對要喔！可別忘記啦！」

「是，到時候務必……」

席德巧妙避開逼酒。草薙學長雖然激動地說著「呵呵呵，到時就用動畫化的收入來請你們！」這些話……但是最後會怎麼樣呢。

草薙學長雖然放棄要我們喝酒，但是依舊沒有離開。

「好～～吧，你們講些有趣的事情來聽聽吧！」

「就、就算你這麼說……」

真是個讓人困擾的學長。

「那來講些最近很得意忘形的作家吧。先從我開始，三上延。（註：三上延：由Media Works文庫出版的《古書堂事件手帖》好評發售中。其他還有於電擊文庫出版的《Dark Violets（暫譯）》、《Shadow Taker（暫譯）》、

第二章

《夢神的教室》等作品）」

「別說了！真的求你別說了！」

這個業界是很狹小的！就算只是在酒宴上的一句無心之言也會被猛烈地加油添醋，然後就像導向飛彈般直接飛進本人耳朵裡。命中率根本是百分之百。

喜歡不停講敬愛的作家的壞話，是這個人真的非常糟糕的壞習慣。

不管是《古書堂》還是《Dark Violets》或《夢神的教室》他明明都非常喜歡，卻只因為是同行就混雜了忌妒、羨慕與尊敬這些各種複雜的感情。

「那馬上就要三月了，來聊聊逃稅的話題吧。」

「請你離我們遠一點好不好！」

你要講什麼都無所謂，但是麻煩不要把我們扯進去。

「啊！可惡！總有一天我也要寫出像《古書堂》一樣厲害的小說，然後好想給不是用賣萌美少女插畫當封面，而是像《達文西》這種時髦的雜誌來採訪喔喔喔～～～」

這個醉漢偏偏在輕小說文庫的新年會喊出這種台詞，然後就離開了。

「……和泉，你之前說過『年齡相近的前輩』該不會就是……」

「看吧，不介紹給你認識是正確的吧。」

至少這可不是會想在派對會場跟他聊天的人。

順帶一提，一月開始播放並且是用輕小說當原作的動畫，就只有草薙龍輝擔任原作的《Pure

Love》跟山田妖精擔任原作的《爆炎的暗黑妖精》這兩部而已。

這可以說是正面對決了吧。

也就是說，妖精目前的競爭對手……就是那位草薙學長。

現在最為得意洋洋的這兩人之中，到底是誰會獲勝，誰會敗北呢——

可以的話，真希望雙方最後都能笑著結束一切。

我是這麼想的。

「…………」

回過神來時，我們周圍已經沒有其他人……毫無疑問是因為不想被草薙學長纏上吧……唉，

這下子更加沒有聊天對象了。

我跟席德兩人孤零零地站在角落時……

「嗨，征宗。過得怎麼樣啊？」

「咦？妳、妳是——」

這時接換草薙學長，出現在眼前的是救贖之神——不，是愛爾咪老師。

「老子找不到人聊天啊，那邊那位也介紹來認識一下吧。」

負責我的著作《世界上最可愛的妹妹》漫畫版的愛爾咪老師，是第一次被招待參加這個出版社的新年會。

迫切「募集年齡相近朋友」的我們，趁這個大好時機就把愛爾咪老師拉進來作伴。身為超人

氣插畫家而且又是超級美少女的愛爾咪，如果放著不管想必就會被其他小團體帶走吧。我們釋放出「愛爾咪是我們的！可別想搶走！」的氛圍，同時往更加不顯眼的角落移動。整場派對期間，都是我們三個人在聊天。

「啊～～真愉快！果然能熱烈討論輕小說或是動畫，還有同行的小道消息這些共通話題真的很棒呢。感覺還沒有聊夠——對了，明天到老子家舉辦『男生會』吧！來討論一下喜歡的女性！畢竟情人節也快到了！」

——就這樣又回到開頭在愛爾咪家裡的對話。

明明混了一名女性，這樣還叫「男生會」嗎？雖然這麼想，但就是這樣她才會穿上那身「男裝」吧。不管是情色漫畫老師Great的面具也好，看來她習慣先從模仿外觀開始。

然後在新年會隔天，今天以「男生會」這名目聚集在愛爾咪家的我們，立刻開始討論祕密的戀愛話題。

最初的「題目」是——「你們幾個，情人節快到了，說真的有沒有什麼打算？」這樣。

「我想吃妹妹親手做的巧克力！我想要充滿愛情的心型巧克力，超想要的！」

我重複說著跟開頭相同的話，還站起來用力握緊雙拳。

愛爾咪厭煩地瞇起眼睛。

「好啦好啦，不用講那麼多次我們也知道啦。」

「不對！你們根本不懂！不懂我到底有多麼想要妹妹巧克力！這樣可還沒有完全徹底述說清楚喔！我還想再論述個一千頁左右！」

「喂，國光。這傢伙是有喝酒嗎？」

「我才不會給未成年人喝酒——和泉平常就是這樣子了。」

「原來如此……病得真重。」

「喂，那邊的。不要露出看著可憐人的眼神！」

我用力指著愛爾咪的臉，結果她「咿嘻嘻」的笑著說：

「所以，征宗這個妹控夢想有機會達成嗎？」

「去年沒有拿到！或者說連見面都沒有辦法！」

畢竟當時是我妹妹當家裡蹲的全盛時期嘛。

「但是今年不同！我們稍微能夠說些話了……而且偶爾也能見個面…………」

雖然我告白後被甩了。

「……所以……我想應該有機會一拚吧。」

回想起不太好的事，讓我情緒有些低落地說著。

「也就是說，今年你有可能從妹妹那邊拿到巧克力是嗎？」

這時席德插話進來。

「沒錯沒錯。妹妹給哥哥巧克力這種事，其實也很普通吧。完全不會讓人感到傷風敗俗吧……所以說，我打算趁最近每次跟妹妹見面時——」

「紗霧，巧克力好像很好吃呢～我也最喜歡巧克力了～偷瞄！」

「接下來在小說裡寫情人節橋段好了～可是我沒有從女孩子那邊收到巧克力過，所以無法想像那是什麼心情耶～好困擾喔～偷瞄偷瞄！」

「大概像這樣對她宣揚我想要巧克力的心願。」

「……該怎麼說，太過明顯嘍。這樣不會有反效果嗎？」

「嗚嗚……真是可憐的傢伙，這樣會讓人流下眼淚啊。」

「夠了！不要同情我！」

「這麼說的話你們又是如何！有機會從喜歡的女孩子那邊拿到巧克力嗎！」

連我都想哭了啊！

「咯咯咯咯……」

愛爾咪很刻意地抿嘴笑著。

「最近艾蜜莉都有在練習做巧克力，還讓老子試吃了好幾次試作品——那個一定是為了製作在情人節送給老子的東西沒錯！贏啦！今年的情人節是屬於老子的啦！」

愛爾咪在我對面站起來發出勝利宣言。

但席德卻對她說：

「試作的巧克力應該是不會給真心想送的對象吃吧？」

「也、也許會啊！」

席德的吐嘈還真是一針見血……

這下子讓愛爾咪變得淚眼汪汪了啦。因為實在很可憐，於是我就這麼說：

「別在意啦，至少有機會拿到人情巧克力吧……畢竟妳都幫忙了。」

「……和泉，這可當不成安慰喔。」

「是、是嗎？」

被席德小聲告誡之後，我才察覺不妙而開始反省。

結果愛爾咪這時大喊：

「你們是怎樣啦！是嫉妒嗎！你們在嫉妒老子對吧！居然聯合起來預測老子的灰暗未來！混蛋！」

「打起精神來嘛，我自己能不能從妹妹那邊拿到巧克力也很難說，所以我們就像是夥伴吧。」

「囉唆啦！不要把老子跟你這死妹控相提並論！」

「妳、妳怎麼這樣講話！我可是好心安慰妳……！」

「等等，你們不要吵架！停止，快停下來！」

席德站起來插進我跟愛爾咪中間，這樣一來變成圍著矮桌的三個人都站起來了。

「你們兩位就算在這爭吵，也還是拿不到巧克力喔。那個……這樣吧！我們來討論些更有建設性的話題！」

「唔……的確。」「什麼叫更有建設性的話題？」

聽到第三者的正確意見，我跟愛爾咪停止爭戰。

席德稍微思考一下之後說：

「只是巧克力的話，我能做出非常好吃的送給你們。這樣子可以嗎？」

「當然不行啊！你這傢伙什麼都不懂嘛！」

「我們不是想吃美味的巧克力！而是想要妹妹對哥哥的那種甘甜又帶點苦澀的心意！是想吃到『妹妹巧克力』啊！」

「所以說不要把老子跟你這種變態相提並論啦！居然講出那麼噁心的表達方式！」

「才不噁心！這是我最純粹的思念啊！」

我們再度開始猛烈爭吵。

席德慌慌張張地提出另一個提案。

「知道了！我知道了啦！呃，那麼從現在開始，就來進行『情人節對策會議』你們覺得如何！」

「……情人節……」「對策會議？」

「對，就是『情人節對策會議』。也就是說，由這個男生會的成員大家一起思考如何從心上人那邊拿到巧克力的作戰——大概就是我們互相支援的感覺。」

「喔，那具體上來說呢？」

似乎是對這提案感到興趣，愛爾咪身體前傾地問著。

「例如說愛爾咪老師就——」

「不用叫我老師啦。」

「——抱歉，愛爾咪小姐想從山田小姐那邊收到巧克力對吧。」

最近這個人都稱呼妖精為「山田小姐」。

明明是很標準的稱呼方式，但總覺得有點蠢讓人想笑出來。

愛爾咪說著「是啊。」並點點頭，於是席德接著說道：

「這樣的話，就讓和泉去偵察山田小姐的情報如何呢？」

「我嗎？」

「是的。想在戰鬥中獲勝，就要先了解敵人。像是興趣、經歷還有人際關係之類的……」

「你覺得老子這個青梅竹馬會不知道那些事情嗎？」

「剛才那些只是比喻啦。說的也是——那這樣如何呢。」

席德帥氣地用手指擺成手槍的形狀。

「讓和泉去向山田小姐詢問出『喜歡的異性類型』這個情報吧。」

「！」

「然後只要愛爾咪小姐能在情人節之前實踐的話——」

「就可以拿到巧克力了對吧！」

「也許……可以拿到。」

愛爾咪聽了差點滑跤。

「喂！為什麼在這邊突然變得消極啊。」

「我沒辦法保證絕對能拿到啊。但是跟什麼都不做比起來，不覺得這樣能提高拿到的可能性嗎？」

「原來如此。」

我點點頭表達同意。至少跟我那種「宣揚想要巧克力的心情」比起來，感覺有效得多。

「反過來我的情況，就是讓身為紗霧師姊的愛爾咪去對我妹妹進行偵察就好了吧。」

「是沒錯……不過師姊是什麼意思？」

「啊，沒事，不用在意。」

好危險！

我沒有跟席德說過紗霧的真實身分就是情色漫畫老師！

我慌忙回到主題上，然後看著愛爾咪說：

「這樣的話，就麻煩妳去幫我調查看看紗霧會不會給我『妹妹巧克力』吧。」

「……老子實在沒辦法理解所謂的『妹妹巧克力』這種概念……這跟『本命巧克力』又不一樣嗎？」

「『妹妹巧克力』就是『妹妹巧克力』吧，就是蘊含妹妹『最喜歡哥哥了』這種心情的巧克力喔。」

你們當然懂吧？我抱著這種打算進行說明，結果愛爾咪雙手交扠在胸前疑惑地側著頭。

「就是類似人情巧克力的東西嗎？」

「不是人情！是『妹妹巧克力』啦！」

「知道啦知道啦，雖然完全搞不懂但老子知道了啦。不要把臉靠過來，噁心死了。老子會好好調查，也會幫你問出紗霧『喜歡的異性類型』啦。」

「拜託了，真的拜託了！」

「你才別忘記去問艾蜜莉喔。」

「知道啦，包在我身上。」

我跟愛爾咪手臂相碰，鞏固我們的協力體制。

「太好了，看來事情總算解決了呢。」

席德輕撫胸口並鬆了口氣。

「「……………………」」

我跟愛爾咪瞇起眼睛瞪著席德。

「……怎、怎麼了？」

「席德你呢？」

「啊？」

「在問你情人節啦，情人節——老子們都赤裸裸地吐露真實心情了，你也該坦白說出來吧。像是喜歡的女孩子姓名，或是情人節有沒有機會拿到巧克力之類的。」

「這、這個……」

席德露出困擾的表情，同時還滿頭大汗。

我也同意愛爾咪所說的，因此就跟著詢問：

「對喔，這是『情人節對策會議』嘛——所以也該聽聽席德的戀愛故事，然後大家一起討論對策才行！」

「不，我對這種的沒有……」

「照剛才那樣，我覺得太不公平了。」

「對啊對啊，別害羞勇敢說出來吧！老子想看看國光弟弟帥氣的一面～～～♪」

愛爾咪起勁地開始拍手。

「快說！快說！」「快說！快說！」

我們上下揮舞拳頭呼喊著。

這種趁勢惡搞別人的情況，在自己被惡搞的時候雖然會覺得無比厭煩，但是搞別人時真的是超爽。

話雖如此，但對方可是獅童國光老師。他的外表就是個爽朗的帥哥，所以絕對會說出「我有女朋友喔」這類的話。

真的是那樣就要用盡全力噓他！

愛爾咪應該也有類似的想法才對。

「…………我明白了。」

在呼喊聲中，席德最後好像放棄般說著。

「我也來認真參加『情人節對策會議』吧。」

「喔……」「喔～」

這意外的回答雖然讓我們感到困惑，但還是鼓掌回應。

「照這種說法看來……席德你沒有女朋友嗎？」

「沒、沒有喔。」

席德很害羞地揮揮手。

「只不過…………有個希望能從她那邊拿到巧克力的人。」

「喔！」

「這傢伙開始有點意思了……」

「所以，是誰呢？是我們認識的人嗎？」

「是的，我喜歡的人是……」

「「喜歡的人是！」」

「責任編輯神樂坂小姐。」

「咳咳！咳咳咳！」

我嗆到了。

「……你、你說誰？」

我重新詢問，因為總覺得自己聽見一個不可能產生的答案。

「我想要拿到巧克力的對象，是責任編輯神樂坂菖蒲小姐。」

怎麼可能……這怎麼可能！

「誰啊？喂喂，神樂坂是誰？是老子也認識的人嗎？」

愛爾咪應該也認識吧？上次「剝奪面具生死戰」的時候，神樂坂小姐也說她有負責聯絡啊。

——平常的話我應該會這樣回答，不過現在可不是講那個的時候了。

我陷入強烈動搖地問：

「神樂坂小姐是……也是我的責任編輯……的那個神樂坂小姐？真的嗎？」

席德很不好意思地小聲回答：

「是、是的。」

「騙人的吧～～～那個人到底哪裡好！」

過度驚訝之餘，我做出非常非常失禮的反應。

就連席德也語氣粗魯地回答：

「明、明明是和泉你問我才講出來的耶！」

「啊，抱歉，我說真的……不過，可是……唔嗯……神樂坂小姐啊………………席德喜歡的人……是神樂坂小姐啊……唉～～」

「這是什麼微妙的反應！她明明就是個西裝美女而且還很帥氣啊！」

「嗯……你這麼一說的話……也許……是吧？」

「神樂坂小姐可是在聖誕節當天緊急把我叫去，開會討論工作喔！」

然後這個人就臨時決定不去我家舉辦的聖誕派對，然後開開心心地跑去編輯部吧。我想這應該是原本要跟村征學姊討論的預定突然取消，所以才把他叫去的而已。雖然我不會說出口就是了。

「她是位總是很努力的人！她總是給予我的小說很Flexible（註：充滿柔軟性的意思。在這裡代表每次講的話都不一樣）的感想與意見，然後如果跟她的意見吻合就會像是自己的事業成功般為我感到自豪——」

席德在我面前不停訴說著神樂坂小姐有多麼美好，讓我覺得好像受到邪教團體勸誘一樣。

「而且她的穿著打扮總是很得體，長、長得也很漂亮！」

「真的很抱歉……老實說，我從來沒有在意過責任編輯的容貌。超過守備範圍也要有個限度……而且還超級年長。」

「等等，超級年長……神樂坂小姐很年輕好不好！她頂多才二十五歲左右而已吧！」

「是我妹妹的**兩倍**耶。」

「是**老太婆**了呢。」

「你、你們現在已經跟所有二十幾歲的女性為敵了！」

席德怒吼到連太陽穴都浮現青筋，個性穩重的他很難得真的大發雷霆。

「唔嗯～～國光你的興趣真糟糕，征宗也是這麼想的吧。」

「這個嘛，老實說我稍微有這麼想過。」

受到我們批評的席德露出抽搐的笑容。

「……我可不想被明明是女孩子卻喜歡女孩子的變態，還有是同性戀又喜歡妹妹的變態這麼說。」

「老子是變態？咯咯咯……這老早就知道了！老子可以抬頭挺胸對你誇耀啦！」

「我果然被認為是那樣的人嗎！不是早就跟你講過好幾次我不是同性戀了！而且喜歡妹妹也

一點都不變態～～～～～～～～～～～！證據就是，妹系作品的流行風潮不管過多久都沒有結束！妹萌是永遠的多數派！這是世界的選擇！」

我跟愛爾咪異口同聲說：

「「喜歡老太婆的人才比較奇怪！」」

「可惡！我的選擇絕對才是正確的啊……！如果這裡至少再有一個品味正常的男性在的話……！」

席德悔恨地握緊拳頭。

「那這樣的話！」

愛爾咪拿出手機，顯示出某個電話號碼的畫面給我們看。

——FULLDRIVE文庫編輯部，山田克里斯。

「就打電話給大哥（艾蜜莉的哥哥）把他叫來參加『男生會』吧！」

「原來如此！如果是一般人的克里斯先生，就能期待有個公平的裁決了！上吧！愛爾咪！」

「不對吧！不可以為了這種可有可無的事情給忙碌的編輯添麻煩啊！」

「太遲啦！老子已經打過去了！——啊，大哥嗎？我是超級奇蹟插畫家愛爾咪！——咦？有什麼事情？就是說啊……嗚……老子……可能已經不行了，搞不好要放棄當插畫家了……嗯……嗯……咦？現在？老子是在家裡……嗯……嗯……知道了，等你喔♡」

嗶。

「他說馬上就過來！」

「……訓話可是妳一個人聽就好喔。」

像這樣——

我們的「男生會」與「情人節對策會議」熱鬧地進行著。

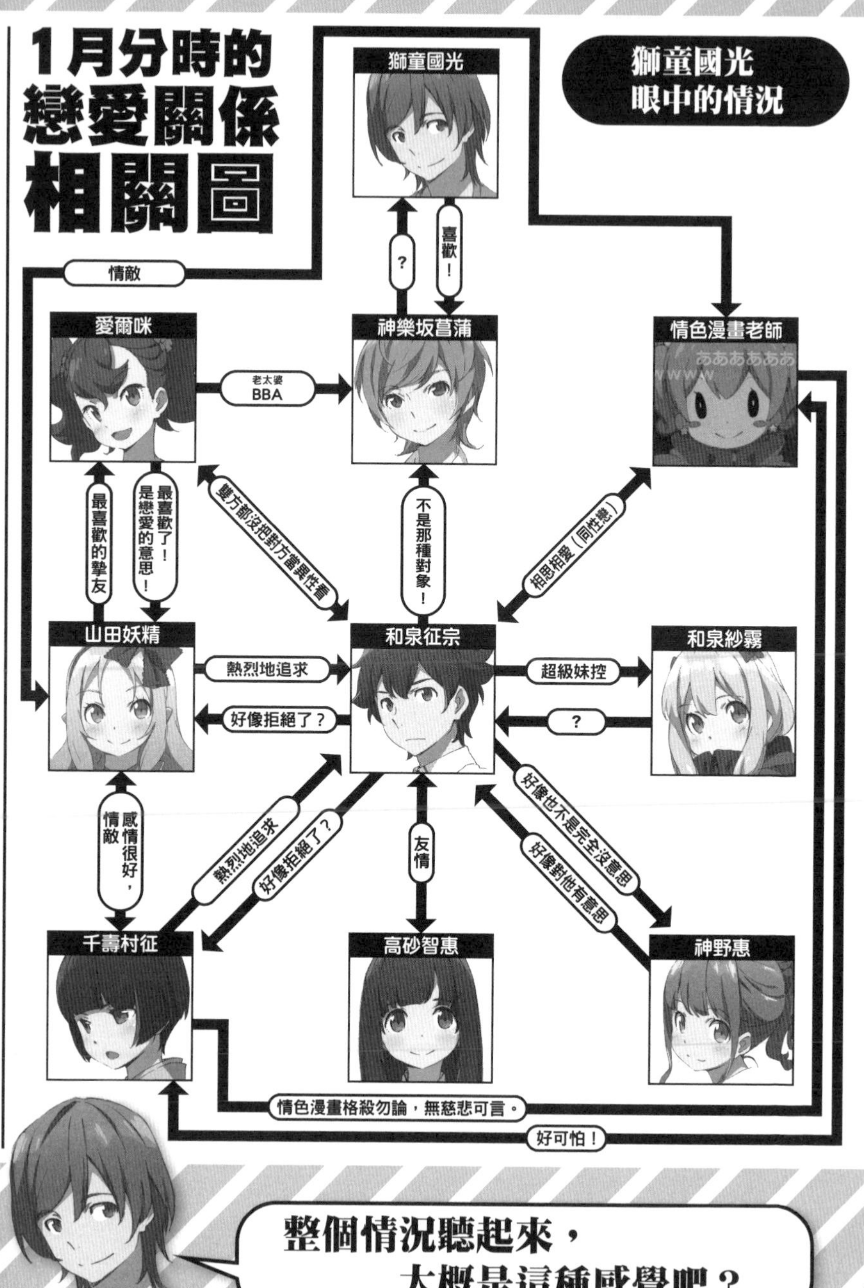

1月分時的
戀愛關係
相關圖
獅童國光
眼中的情況
獅童國光
?
喜歡!
情敵
愛爾咪
神樂坂菖蒲
情色漫畫老師
老太婆
BBA
最喜歡的摯友
最喜歡了!是戀愛的意思!
雙方都沒把對方當異性看
不是那種對象!
相思相愛(同性戀)
山田妖精
和泉征宗
和泉紗霧
熱烈地追求
好像拒絕了?
超級妹控
?
感情很好,情敵
熱烈地追求
好像拒絕了?
友情
好像也不是完全沒意思
好像對他有意思
千壽村征
高砂智惠
神野惠
情色漫畫格殺勿論,無慈悲可言。
好可怕!
整個情況聽起來,
大概是這種感覺吧?

1月分時的戀愛關係相關圖

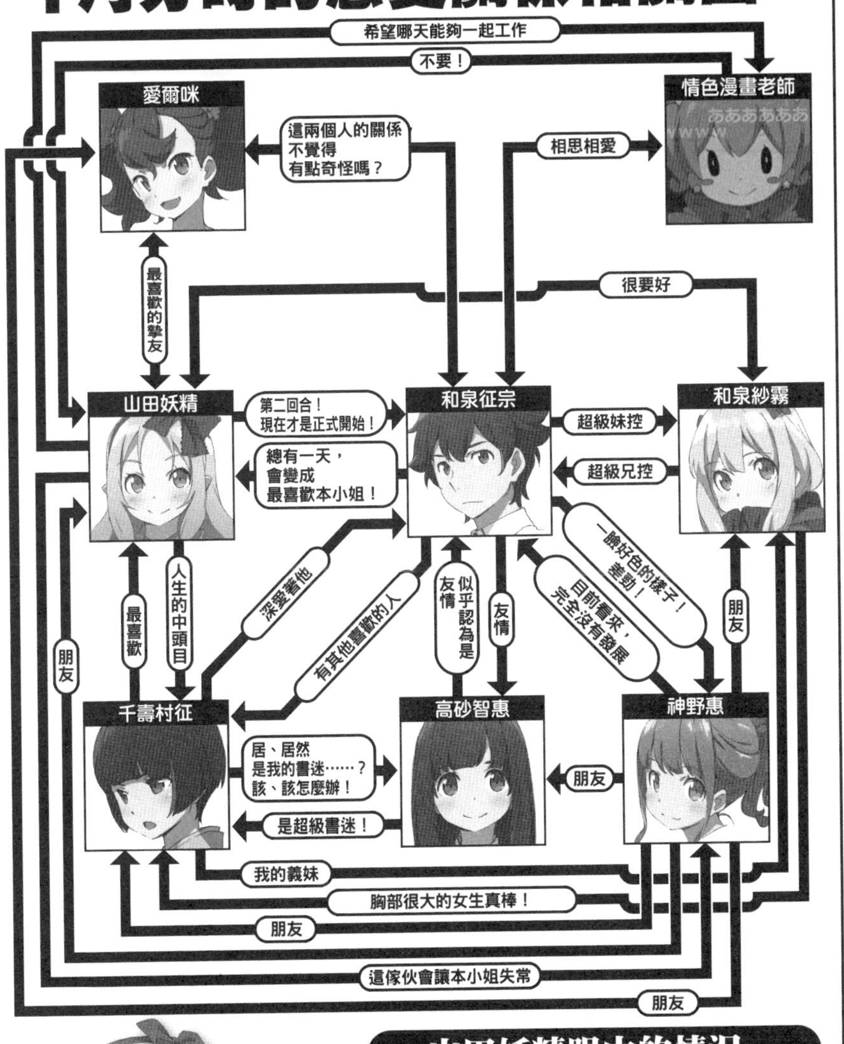

山田妖精眼中的情況

國光你喔，還真是沒有眼光！
這樣才對吧！

隔天開始，我們這些輕小說男子（自創詞）進行的「情人節對策」就此揭幕。

為了各自能從目標女性手上拿到巧克力，我們要互相支援，去調查目標「喜好的異性類型」等資料。

我的調查對象是妖精與神樂坂小姐。

首先，就決定先調查住在隔壁又可以馬上見面的妖精。

我跟平常一樣帶著小禮物（今天是泡芙）去找她玩，令人驚訝的就是妖精正在工作。不過並不是她自己這麼說的，而是經過工作室時剛好看到筆電畫面上正開著文書軟體。

順便一提的話，她來到玄關迎接我時穿的也不是平常的蘿莉塔服裝，而是方便行動的家居服。

那比較像是紗霧會穿，看起來很可愛……有點小孩子氣的衣服。

應該是為了全神貫注，才穿上重視功能性的服裝吧。

「抱歉，妳的動畫也進入後半階段了，在這麼忙的時候……打擾到妳了嗎？」

「？啊……現在剛好是本小姐想要休息一下的時候。」

「那就好。」

這幾個月的妖精老師都非常認真地在工作。

雖然她平常就是個不會拖延工作的人……但是最近這傢伙幾乎沒有發生偷懶跑去玩遊戲的情況。

除了每隔三個月要發行的《爆炎的暗黑妖精》原作小說外，藍光光碟或是遊戲的特典小說似乎也撰寫了五百頁以上。再加上劇本會議或是錄音她全部都有參加，可說是與跨媒體製作非常密切合作，並且專心致志地在工作。

現在的她是個努力不懈的天才！可說是能被稱為完美妖精的存在。

……果然只要作品動畫化，心態就會有所改變嗎？

我用尊敬的眼神，注視著偉大的前輩作家的側臉。

「……幹嘛啦，本小姐的臉上沾到什麼了嗎？」

「沒有，只是覺得『山田妖精』果然很帥氣呢。」

當我笑著這麼說，妖精有一瞬間露出驚訝的表情。

「……你、你突然間在說些什麼啦。」

接著哼了一聲，把臉轉向別處。

稍作休息享用完泡芙跟茶後，我單刀直入地開口詢問：

「那個，妖精……妳『喜歡的異性類型』是什麼樣的人？」

「啊？咦？咦咦──」

妖精整個人正放鬆地躺在工作椅上閱讀著料理書籍。被我這突如其來的問題一問，驚訝到連書本都掉到地上。

「為什麼問這種問題啊！還這麼突然！」

「呃……那個……」

該怎麼辦呢？因為必須偷偷進行調查，所以也不能說出真正的理由……

我想不出什麼好答案，只能很勉強地回答：

「不、不由得就想問？」

「啥？什麼叫不由得……啊。」

妖精先是顯得很不愉快，接著立刻露出察覺到什麼事情的表情。

不好，被揭穿了嗎？畢竟妖精她很敏銳……

「是、是嗎……哦……不由得想問……啊。」

她的臉頰瞬間染上紅暈，然後微微低著頭往我這邊偷瞄。

「好吧。」

妖精把撿起來的書本闔上。

「就告訴妳本小姐『喜歡的異性類型』吧！」

「喔……」

她情緒突然變得好高昂喔。雖然搞不太懂，但似乎滿順利的。

「請妳務必告訴我。」

雖然是幫愛爾咪調查的——

但總覺得自己也開始緊張起來了，妖精到底喜歡什麼樣的男孩子呢？

「張大耳朵仔細聽好嘍！本小姐『喜歡的異性類型』是——」

「跟本小姐一樣沉迷於遊戲的人！」

「——」

我眨了眨眼。

「……那是……什麼意思……？」

可以直接照字面上來解釋嗎？

「當然，如果不是跟本小姐一樣遊玩得很透徹的人，本小姐可是看不上眼的喔——例如說，像是《暗黑破壞神3》巔峰等級超過兩百以上的人。《文明帝國4》能夠用『天神』難度全破的人。精靈●可夢的單打對戰積分一千八百分以上的人。實況野球的榮冠模式有在甲子園春夏連霸過的人。ＦＰＳ或ＴＰＳ的Co-op模式能夠從頭到尾都一直陪本小姐玩的人。白金獎盃合計收集超過二十個以上的人。能在本小姐家的迷你四驅車賽道一起賽車的人。任天堂明星大亂鬥能夠跟本小姐一較高下，然後不會拿羅潔塔出來用的人。在ＴＲＰＧ擅長擔任ＧＭ的人。能夠出場參加ＴＣＧ大賽的人。每一季都觀賞五部動畫以上的人。輕小說跟漫畫每個月閱讀二十本以上的人。呵呵，還有就是——」

「——為了創造出有趣的輕小說，而全力奮鬥的人。」

「雖然還想列舉其他各種條件……不過，大致上就是喜歡這樣子的人。」

興奮地這麼說著，並且露出微笑的妖精充滿非比尋常的魅力。

「只要是有一項符合，然後能稍微讓本小姐認真起來的傢伙，本小姐會好好考慮看看要不要跟他交往。」

雖然有一大半聽不懂她在講些什麼……

不過我想自己已經順利理解妖精「喜歡的異性類型」了。

對她這個毫無顧忌地說人生的一切都是「遊戲」的人而言……

有個能夠沉迷其中，全力陪她一起遊玩的人，才會是最受她喜歡的吧。

「是嗎，謝啦。我完全明白了。」

「你接下來要好好努力喔！」

「？喔、喔……」

為何要在這時候拍我肩膀？

「對了……話說回來啊……」

原本還用趾高氣昂的態度在講話的妖精，這時候她突然用窺探的眼神抬頭看著我。

「本小姐改變一下話題…………征宗，告訴本小姐你『喜歡的甜點』是什麼。」

「？怎麼突然問這個。」

「別管那麼多！就告訴本小姐嘛！本小姐都告訴你『喜歡的異性類型』了！」

「算了……告訴妳也無妨……『喜歡的甜點』啊……像是最中餅或是日式饅頭之類的吧。」

「……麻煩你講些西洋甜點。」

「西洋甜點？那大概就蛋糕吧，我喜歡不會太甜的東西。」

「哦～蛋糕啊，然後不會太甜的是吧。ＯＫＯＫ，了解。」

「所以……問這個是要幹嘛？」

對於我的問題，妖精閉起單眼把手指抵在嘴唇上。

「這是少女的祕密。」

順利地詢問出「妖精喜歡的異性類型」之後，我接著就去調查責任編輯神樂坂小姐。

因為正好預計要開會討論，所以就趁這時候刺探吧。

平日的傍晚，我在出版社的會議區跟神樂坂小姐見面。

神樂坂菖蒲——是位短髮，身穿筆挺套裝的大姊姊。

雖然在有點語病的情況下（愛爾咪）對席德說她是老太婆，但絕對沒有這回事！她真的還非常年輕！

「和泉老師，你怎麼了嗎？幹嘛裝出那種阿諛諂媚的笑容？」

「不不不！沒事的！」

在別人背後說壞話真的很不好，像這樣見面的時候良心就會受到苛責。

對於我的否定，神樂坂小姐一臉完全不相信的表情，然後說聲「是這樣嗎？」就帶過了。

接著……

「啊，對了，和泉老師。前陣子，京香小姐又來過編輯部了喔。」

「咦，京香姑姑嗎？」

「是的，因為她想要詳細了解和泉老師的『工作狀況』，所以就由擔任責任編輯的我來應對了。」

「…………！」

我反射性地挺直背脊。

我跟紗霧的監護人，也是我父親的妹妹京香姑姑。

──要讓學業跟工作兩立，同時持續交出一定的成果。

──改善紗霧的現狀。

作為繼續現在這種生活的條件，我跟姑姑過去曾經定下這種約定。

唉，已經到那個時期了嗎……

「呵呵呵，好啦好啦──請放心吧，和泉老師。本人我！可是有好好幫你美言幾句的喔！」

看到這無比可疑的笑容，更讓人感到不安。

「非、非常謝謝妳，神樂坂小姐。那個……今年也能麻煩妳幫忙製作要交給京香姑姑的資料嗎？」

「就交給我這個責任編輯吧——啊，那邊的工讀生，去準備剛才和泉老師所說的資料！」

因為跑出京香姑姑的話題，害我完全忘記席德拜託我要進行的調查。

等到討論會議告一段落時，我才終於開口：

「對了，神樂坂小姐。那個，就是說……」

啊～～提不起勁！完全提不起勁來詢問！可是——我已經跟人約好了！

「神樂坂小姐，妳有……男朋友嗎？」

「啊？」

我的詢問似乎出乎神樂坂小姐的意料，她難得疑惑得歪起頭。

接著視線暫時停止在斜上方，然後才看著我說：

「沒有耶。」

「喔。」

這樣啊，我只有這種感想。太好了，席德。她說沒有男朋友耶！

「那情人節時有沒有預定要送誰巧克力……」

「沒有耶。」

她直接這麼說。原來如此……席德，怎麼辦。她說沒有要送人巧克力耶！

「我只是打個比方喔，如果神樂坂小姐願意分送巧克力給負責的作家們，大家也許就會高興得更加努力地工作喔。」

「咦……？會有人想要嗎？」

「一定會有。」

就是有我才會講這些話啊。

「哦～～～～～唔。」

神樂坂小姐目不轉睛地盯著我，好像在思索什麼的樣子。

「…………………我會考慮看看！」

「……那就麻煩妳了。」

姑且先成功創造出讓席德拿到人情巧克力的可能性，應該可以這麼說吧？雖然往前邁進一步，但還是不夠吧。

雖然想要盡早結束這個話題，但是我內心的小小席德不斷大吵大鬧地喊著「和泉！你還沒進入正題啊！請快點詢問那件事吧！」

知道了啦。

我繼續詢問說：

「順便問一下，可以告訴我神樂坂小姐妳『喜歡的異性類型』嗎？」

「……我出生到現在，還是第一次看到有人一臉心不甘情不願地詢問戀愛話題耶。」

因為完全不想問嘛。

……唉～為什麼我得問出責任編輯「喜歡的異性類型」才行啊。

當然我知道這是因為跟後輩作家約好的關係啦……

但是重新看看這整個狀況，就實在讓人提不起勁。

心理層面的抵抗意外地強烈，這該怎麼形容呢？或者該說，我真的半點都不想知道責任編輯的戀情。就算不管作人處事的問題，真的會有人對這種事感興趣嗎？

「我『喜歡的異性類型』……這是代表要我講些能用在戀愛喜劇小說的橋段嗎？」

「是的，就只是為了進行戀愛喜劇小說的取材才問的。」

「哦～～～～～～～～～～～～～～～～～～～嗯，這樣啊！是取材嘛！」

神樂坂小姐擺出雙手托住臉頰的姿勢，然後露出滿面笑容。

可惡！總覺得好像有什麼令人火大的誤會！

從剛才對話的走向來看。雖然聽起來的確像是我喜歡上神樂坂小姐，然後在向她催討情人節巧克力。而且看起來還像一個想問出她「喜歡的異性類型」的色慾薰心小男生。

除此之外，還真的很難有其他解釋啊！

明明不是！絕對不是這樣啊！為什麼會這樣！也太出乎意料了……！

我努力裝作平靜地開口說：

「嗯，是取材喔，取材——妳想想，情人節不是快到了嗎？很剛好地跟作品裡的季節一致，所以我想說在這時候寫個戀愛喜劇的必備橋段應該也不錯。」

「好好好，我知道，我知道啦♪啊哈哈哈哈，哎呀～我還滿受年輕人歡迎的呢～～～～♡」

妳這老太婆不要會錯意好嗎！雖然很想這麼說但又不能說出口。

不過受年輕人歡迎這也許是真的，畢竟有席德這種例子。

我對開心笑著的神樂坂小姐，更進一步詢問。

「這終究只是取材而已，關於剛才的詢問我還想追加一個問題。」

「好啊好啦，請說請說♪」

「神樂坂小姐對『年輕的作家』有什麼看法，以戀愛對象來看的話。」

我已經自暴自棄了！問就問吧！

席德，你可真的要感謝我！我可是懷抱這種心情，幫你問到這種程度了喔！

「…………………」

神樂坂小姐閉上眼睛思索著。

接下來當然會做出徹底誤會，然後讓人火大的回應吧。

我原本是這麼想的。

但是……

「這個問題，就讓我跟『喜歡的異性類型』一起回答。」

神樂坂小姐露出跟剛才完全相反的沉穩微笑。

「只要是對某件事物全力以赴的人，不管年齡、職業、立場，我都認為很有魅力。像這樣的人如果對我抱有思慕之情……我會很高興，也感到很榮幸。」

她仔細思考後這麼回答。

「…………」

神樂坂小姐這種「大人的應對」……

「好的，我明白了。」

身為小孩子的我，只能乖乖投降了。

幾天後，我們再次聚集在愛爾咪的房間。

這可以說是「第二次情人節對策會議」吧。圍在矮桌子旁一邊的成員，跟上次一樣是我、愛爾咪、席德三個人。

現在由我率先開始報告自己的調查結果。

「——大概是這樣，關於妖精的情報就是這些。」

「艾蜜莉喜歡的類型——說是『跟本小姐一樣沉迷於遊戲的人』嗎！——那不就是在講老子嗎？」

愛爾咪用大拇指指著自己的臉，露出能看見虎牙的笑容。

「簡單說這就是指跟艾蜜莉熱衷於相同事物的人吧！老子也超級努力地畫了各種輕小說的插畫、漫畫跟動畫！這下子是完全符合了吧！對吧！對吧！」

「喔、喔……應該是……有符合吧？」

其他還有說漫畫、遊戲、動畫、電影、音樂——如果是認真沉迷於這些事物的人，就算不是愛爾咪好像也會符合。

「好耶！巧克力到手啦！幹得好，征宗！老子就在二月十四日給你巧克力當作獎賞。啊，當然是作人情的喔，你可別搞錯嘍。」

「好啦好啦，就當成是我向妳邀功拿到的人情巧克力對吧。」

「怎樣，不想要嗎？」

「我真的超高興！請務必賜給我！」

我全力向她低頭，於是愛爾咪滿意地點點頭。

「不錯，很老實。當天你就感恩地吃吧。」

「感謝您的恩賜！感謝您的恩賜！」

看到我這樣不斷全力說著感謝的話語，讓席德有點退縮。

「和、和泉……你就這麼想要不是自己喜歡的女孩子所送的人情巧克力嗎？」

「想要！」

因為從出生到現在從來都沒有女孩子送情人節巧克力給我嘛！

最想要的雖然是「妹妹巧克力」，但就算是人情巧克力我也想要！

「這樣啊。我只要能從喜歡的對象那邊拿到，就不會想要其他的了。」

「那老子可就不給你啦。」

愛爾咪吐出舌頭向席德扮個鬼臉。

席德露出苦笑後，重新看著我。

「請問，就是說……和泉……那個……」

「喔，我有問嘍。神樂坂小姐喜歡的異性類型。」

「感謝您的詢問！感謝您的詢問！」

「啊、喔……我們約好了嘛。」

看他這麼高興，就算害我有那麼火大的回憶也算值得了。

我立刻把從神樂坂小姐那邊聽來的情報告訴席德。

「——大概就是這樣。」

結果他立刻用雙手緊緊包覆住我的手，大聲說：

「不但沒有男朋友，還認為『年輕的負責作家』可以當成戀愛對象！神樂坂小姐真的這麼說嗎！」

「她、她沒有回答到那麼具體就是……」

「立場、職業就連年收入也不會在意！嗚嗚，這是何等高潔……！她是聖母嗎……？」

「這個嘛，這類的話……她應該有說過吧。」

討厭，今天的席德好可怕。

「太好啦！這代表說我有機會沒錯吧！你覺得就算找她去約會應該也沒問題吧！」

誰知道啊麻煩死了！要約自己去約啊！

雖然我很想這麼說，但畢竟這實在是太失禮了。

本來我也想更認真地跟後輩作家討論戀愛方面的問題。對方如果是女大學生的大姊姊，我就會更加起勁地深入詢問吧。

可是，責任編輯的戀愛話題我可完全不想扯上關係啊！

「席德，雖然我自己講也很奇怪。但是這次我可是相當努力的喔。」

「是、是的，我很感謝你喔。」

「但是我能做的也到此為止……接下來就要靠你自己了。」

光是說這些我就耗盡全力。

我喘口氣放鬆。總之這下子……我也盡到自己的職責了。

但這時我猛烈抬起頭來。

「啊！對了！愛爾咪！我的『妹妹巧克力』結果怎麼了！」

「唉唷，對喔對喔。老子有跟紗霧詳細詢問了，就在我們討論作品的時候。」

我的妹妹紗霧可是無畏級的家裡蹲，她完全不會走出自己房間。

就算是我這個哥哥也很少有能夠跟她交談的機會。

更不用說是戀愛話題——

這時就輪到愛爾咪大師登場了。

愛爾咪現在正負責我跟情色漫畫老師的作品《世界上最可愛的妹妹》的漫畫化工作。她會進到紗霧閉門不出的「不敞開的房間」裡頭，一起討論作品的相關事宜。

如果是這種時機，然後是又是相同性別的「姊姊」愛爾咪——

應該就能跟紗霧談論戀愛話題吧。

最後愛爾咪對擔心憂慮的我這麼開口：

「在那之前，征宗。可以先告訴我『你喜歡的異性類型』嗎？」

「咦？為什麼？除了『紗霧喜歡的異性類型』外，妳不是還問出很多其他情報來嗎？」

「好啦，有什麼關係。你快點回答啦，那樣子老子就把聽來的情報告訴你。」

「…………………………」

完全搞不懂是啥意思。

為什麼這傢伙會想知道「我喜歡的異性類型」呢？

或者該問，愛爾咪跟紗霧在「不敞開的房間」到底講了些什麼？

……算了也罷，反正只是講這些也沒啥損失。

「知道了，只要說出我『喜歡的異性類型』就可以了吧？」

「沒錯沒錯，『妹妹』這種太過直接的答案可不行喔。」

「咦，『妹妹』這不行喔。」

「『我喜歡的異性類型是「妹妹」！報告完畢！』這種回答可沒辦法當成參考啊，你仔細想想再回答。」

「唔嗯……說得也是。」

不過就算突然這麼說……

「『我喜歡的異性類型』……是吧。」

回頭想想，這問題還真難回答。

「唔嗯……唔嗯。」

思考一陣子後……模模糊糊浮現出來的答案是……

「大概是『值得信賴的人』吧……還有…………『身體健壯的人』。」

「…………怎麼跑出跟想像相差很多的答案來。」

愛爾咪露出困擾的表情並歪著頭。

「話說回來，雖然說過妹妹這種答案不行……但是這答案跟你妹妹可說是完全不同的類型吧。」

「……妳是這麼認為的嗎？」

「啊，難道說征宗喜歡的人是……」

愛爾咪指著自己泛紅的臉龐。

「才不是妳啦！雖然說漫畫化方面是很依賴妳沒錯！」

「咦，真的假的？什麼嘛，呼～～還以為你在這段一起工作的期間喜歡上可愛又值得依賴的老子，然後在繞圈子告白呢。」

「自我意識過剩也要有個限度喔。」

不過考慮到愛爾咪的性能規格，如果不是我的話總覺得就會很自然地變成那種情況吧。

畢竟她的確是值得依賴又超級可愛。

「我說征宗啊，『值得依賴的人』這點還能理解，不過，喜歡『身體健壯的人』是什麼意思？」

「我不想說。」

「哦～～算了，雖然有點在意。」

愛爾咪好像察覺到什麼，她沒有繼續追問。

另一方面，默默聽我們說話的席德額頭正汗如雨下，並且用嚴肅的表情思索著。

「『值得依賴的人』……『身體健壯的人』……………………啊！果、果然就是……那麼一回事嗎……？」

「喂，那邊的！你正誤會得比愛爾咪還要嚴重對不對！」

這個人到底要到什麼時候才能解除我的同性戀疑雲啊！

「好、好啦，我已經回答了，這樣就可以了吧！愛爾咪，告訴我紗霧『喜歡的異性類型』吧。還有我是不是有機會拿到『妹妹巧克力』。」

「好好好。」

愛爾咪露出似乎感到很有趣的壞心笑容，接著回答我的問題。

「紗霧她目前看來，似乎沒有打算親手製作巧克力喔。」

「……是、是嗎？」

「她說『那個，廚房是哥哥的……所以我不會一個人去製作料理。』」

「啊。」

我家的廚房是身為料理教室老師的「我的母親」的遺物，這點紗霧也知道。所以我不在的時候，她當然也不會一個人去使用。

而我在家的時候，因為她是個家裡蹲，所以也不會去廚房。

因此，看來紗霧似乎沒辦法親手製作巧克力。

「等、等等，愛爾咪……家裡蹲還有網購這個方式啊！這邊的可能性呢……？」

「這也有問過嘍。她說『不是親手製作的話就贏不了……所以不行。』」

「什麼叫贏不了！這是指紗霧喜歡的人那邊有許多情敵存在——這樣嗎？」

「情敵多不多這點先放一邊，但老子認為不是那種意思喔。那聽起來像是如果不是親手製作，『就贏不了要贈送的對象』這種語氣。」

「這樣反而更加搞不懂了耶，為什麼要在情人節跟贈送對象進行巧克力對決啊？」

「誰知道。總而言之，你能夠拿到所謂『妹妹巧克力』的可能性近乎於零。所以放棄吧。」

「唔嗚………無、無所謂，反正我早就稍微覺得……大概拿不到了吧。」

我瞬間陷入消沉，結果席德開口安慰我說：

「和泉，情色漫畫老師不會送你『同性戀巧克力』之類的東西嗎？」

「就跟你說過我和情色漫畫老師不是同性戀情侶了吧！」

席德到現在都還認為情色漫畫老師的真實身分是個大叔，然後還跟我有一腿。我皺起眉頭回到原本的話題上。

「所以，愛爾咪——紗霧喜歡的對象是什麼樣的人，這妳有問出來嗎？」

「這個沒辦法問。理由是老子為了問出其他情報，就跟紗霧定下不能問的約定。」

「什麼啊！這讓人超在意的！」

「紗霧『喜歡的異性類型』倒是有問到喔。」

「那就告訴我這個！」

「了解。那個啊，紗霧是這麼說的。她超害羞地——」

「『——……總是，總是……讓我…………………感到困擾的人。』」

「——這樣講。」

「唔、唔嗯…………我的妹妹還真是……喜歡上一個麻煩的傢伙耶。」

「是啊，老子也這麼認為。」

愛爾咪一臉覺得無藥可救的表情，並且嘆了口氣。

接著——

時間一下子就來到情人節當天。

「……結果『情人節對策』根本沒辦法執行。」

「讓我感到困擾的人」，這該怎麼辦才好。這跟我每天送餐點給妹妹、做家事，還有其他各種疼愛她的行動完全相反。

越是照顧妹妹，就離妹妹的喜好越遠。

「這情況真讓人無可奈何。」

再說紗霧講的「喜歡的異性類型」，恐怕就是假想為「特定的某人」了……就算模仿他恐怕也沒有意義。

總之，既然已經確定拿不到「妹妹巧克力」的話，情人節對我來說就只是個毫無價值的平日而已。

不過，愛爾咪似乎會給我人情巧克力，這倒是令人單純地感到高興。

「……呼……」

我跟百分之五十（推測）的男生一樣，情人節當天的上午就在稍微憂鬱的心情下度過。

「阿宗，你今天怎麼了嗎？看起來無精打采的耶。」

智惠跑來找我講話，是在學校午休的時候。

高砂智惠──有著黑色豔麗長髮的她，跟穿著制服的模樣非常相襯。

「喜歡的對象看來不會給我巧克力，我很失落啊。」

「喔，喔喔，喔嗯，是這樣啊～～阿宗你雖然有喜歡的人，但是對方卻沒把你視為戀愛對象呀。」

「真不好意思喔。妳也不用特別講出來吧……再說是怎樣啦，幹嘛笑得那麼賊。」

「咦，這個？這個是──」

智惠把雙手藏在背後，不停搖擺身體。接下來緩緩地……

「來，送你禮物。」

遞出包裝過的平坦盒子。

「！……智、智惠小姐！這、這個盒子難道是，難道是──」

「……打開來看看吧。」

智惠保持微笑的表情，但臉頰卻變得泛紅。

「——謝、謝謝妳……」

我懷抱期待匆忙撕開包裝，把盒子裡的東西拿在手上。

放在裡頭的是智惠送的巧克力——……………才怪。

情人節萬歲。著　三浦勇雄

「這不是輕小說嗎！」

「呵呵，在情人節當天閱讀以情人節為題材的輕小說……對輕小說讀者而言，有比這個更奢侈的事情嗎？」

「所以妳就把……這本三浦勇雄老師的著作《萬歲。系列》第二作的《情人節萬歲。》心懷感激地送給我當禮物……是這麼一回事嗎？」

「沒錯，開心吧？」

「超容易混淆的啦！」

這會讓人以為是巧克力吧！會以為是出生以來第一次從班上女孩子手中拿到情人節巧克力吧！

真是空歡喜一場。

「喂，你在生什麼氣啊。《聖劍鍛造師》全部看完之後，接下來當然是看這部吧。」

「那妳要把第一作的《聖誕節萬歲。》也組成一套送給我才行吧——不對啦！雖然這樣講真的很對不起三浦勇雄老師！但只有今天我不想要輕小說，至少也想拿個人情巧克力啊！」

我這樣坦白說完後，智惠似乎覺得有趣地呵呵笑著。

「那真是抱歉喔——不過，我可不會送你人情巧克力喔。」

「都朋友一場了，送我也沒差吧。」

智惠收起笑容，用手指打了個叉叉。

「不行不行。如果送你人情巧克力的話，那就真的會變成人情巧克力了。」

「？？？……為什麼妳有時候會講出那種令人難以理解的話來？」

智惠若無其事地從我手中把《情人節萬歲。》拿走，然後擋在自己面前。

接著用柔和的聲音說：

「因為我是文學少女嘛。」

鐘聲響起，時間來到放學後。我跟智惠並肩往校門口走去。

「對了，我最近在進行戀愛喜劇的取材。」

「嗯。」

「然後就到處詢問大家『喜歡的異性類型』喔，所以也能問問智惠妳嗎？」

「哦？我『喜歡的異性類型』嗎？能夠一起逛書店，還有能愉快討論輕小說的人是最理想的。」

她幾乎沒有迷惘，迅速地就回答我。

「啊～～果然興趣相投的人會比較好呢。」

「沒錯沒錯，如果要在一起的話，到頭來還是這點最重要。還有，我也不會太在意身高喔。」

「為什麼講這句話時要看著我？妳想說我長得矮嗎？」

「只要講到這個話題……你就會馬上開始發脾氣呢。」

「我接下來真的會繼續長高啦！每天也都有喝牛奶！給我看好了！畢業時我會長到一百八十公分，讓妳嚇一大跳！」

「不是啦，嗯……隨你高興吧……真的不用在意也無所謂喔。」

當我們討論得正熱烈的時候。

差不多在靠近校門口的地方，有很耳熟的聲音叫住我。

「啊，哥哥！」

「咦？啊——」

轉頭往聲音方向看去，出現在我眼前的是穿著制服的惠。

「惠？」

「是的！」

惠綁在後腦杓的頭髮就像小狗的尾巴般擺動著，往這邊跑過來。接著停在以「妹妹的朋友」這種關係來說實在太靠近的距離，抬頭看著我。

「嘿嘿，我跑來了♡」

「為、為什麼？」

我想不到其他有什麼能說的了。惠看到我如此困惑，露出燦爛的笑容。

「那還用說嗎～～～～來，這是情人節的巧克力！」

接著把包裝精美的巧克力遞給我。

「！」

我看著遞出來的巧克力，剎那間全身僵硬——

「給、給我嗎！」

「哎喲，還會有其他人嗎？」

「是……這樣沒錯……真、真的……要給我嗎？」

真不敢相信。

沒想到會從年紀比我小……還是妹妹的同班同學收到巧克力。

「這是當然的嘛，總是受你照顧——而且又是我最喜歡的哥哥，怎麼可能會不送給你呢。」

惠重新把巧克力遞給我。透明的袋子用漂亮的蝴蝶結綁好，裡頭放了許多小顆的巧克力。這應該是親手製作的吧。

雖然只是常見的甜點，在我眼中看起來卻閃閃發光。

「來，送你♪請收下喔。」

「謝、謝謝妳……！」

我用顫抖的手，收下閃閃發光的袋子。接著用雙手輕輕捧起，舉到臉的前方。

然後不自覺地露出笑容。

「哎呀，這真是……太開心了！我真的！都不知道！收到情人節巧克力，會是如此開心的事情！」

當然我也知道這是人情巧克力，既然是惠的話，想必也會送給她那眾多的男性朋友吧。

即使如此還是會感到很開心。

「哎、哎喲～嘿嘿……看到你這麼高興……我也會感到開心呢。」

惠害羞地撥弄頭髮。

她往我身邊不知為何有點不高興的智惠偷瞄一眼，接著再度抬頭看我。

「不、不過啊，是哥哥的話應該也從其他人那邊拿到很多了吧？像是小智啊……還有，呃……小村征或是小妖精那邊……」

「沒那回事，雖然智惠有送書給我……」

「但這是我出生以來第一次收到巧克力喔，讓我再跟妳說聲謝謝。」

我老實地說出來。

對於惠這個現充來說，聽了說不定會感到傻眼。

但我覺得這樣也無所謂。

「這、這樣啊。」

這時惠把眼神從我身上移開，並且低下頭。

「……哦……我是第一個送的呀……」

接著又突然抬起頭。

「啊！哎、哎喲！這樣不是害我也變得不好意思了嗎！真是的！真是的！」

她就這樣臉紅耳赤地對我揮拳。

「幹、幹嘛啦！」

「沒事啦！」

惠不高興地把頭甩向另一邊，然後直接快步離開我身邊。

本來以為她會就這樣跑掉，結果又突然停止並回過頭來。

露出跟平常沒兩樣的惡作劇笑容。

「請做好心理準備吧。接下來……我還會奪走很多哥哥的『第一次』喔♡」

接著惠就這樣有如逃跑般跑走了。

「那、那傢伙！臨走前講這什麼話……！」

當我滿臉通紅又慌慌張張時……

「哇……這種事情要早點說嘛。」

我身邊的智惠嘟起嘴唇小聲嘟噥了這句話。

跟智惠她們道別後，我回到自己家裡。

因為從惠那邊拿到人情巧克力，讓我在回家路上都無法隱藏喜悅之情。雖然已經講過好幾次，但這真的很開心。

節慶活動，真是厲害。女孩子，真是狡詐。禮物這東西，真是讚。

明明只是收到親手作的巧克力，原本覺得不擅長應付的惠也變得頗有好感了。說不定那傢伙對我有意思……甚至還差點產生這種令人感到害羞的誤會。因為我有其他喜歡的人，所以才能靠「不可能有這種事吧」這種想法來冷靜下來。好險，好險。

「我還真好應付。」

我一邊苦笑，一邊握住玄關的門把。

「…………」

冰冷的感觸傳到手中的瞬間，我那原本充滿花海的腦袋也稍微冷靜下來了。

雖然不是什麼有趣的事情——

當我回到家時，其實有點害怕打開自家玄關大門的那一瞬間。

我討厭看見打開家門時，那個沒有人影的走廊。

那股突然轉為寂靜的冷冽空氣，會讓我不寒而慄。

會讓我想起老媽因為交通事故過世，變成單親父子家庭時候的事情。

也會回想起自己孤單一人時的事情。

即使如此，之所以不會無法忍耐，也不會想要哭泣……是因為家裡有紗霧在的關係吧。

雖然真的很少發生，但我說完「我回來了」以後，偶爾會有回應。

她會咚的一聲踏響天花板——

也曾經有過一次，她邊說「歡迎回來」出來迎接我。

所以今天也沒問題，和泉正宗還撐得下去。

「好，回家吧。」

我轉動門把，打開玄關的門。

「……我回來了。」

結果——

咚噠咚噠咚噠，家裡傳來慌張的腳步聲。

「歡迎回來，征宗學弟。」

「太慢了吧！你是跑去哪邊閒晃！啊！難道是外遇！該不會是跑到其他女人那邊去了吧！」

穿著和服的村征學姊，還有穿上圍裙的妖精出來迎接我。

「…………………………」

事情太過突然，讓我一瞬間陷入混亂……

「……妳們兩個……到底在幹嘛……」

接著我笑了出來。

「反正一定又是從二樓陽台跑進來的吧。真是的……妖精，我應該講過不要把紗霧房間當成入口進來吧。」

「咦～～可是紗霧也只是表面上說不喜歡而已呀，有什麼關係。」

雖然這也許是件好事。

話說回來，紗霧還有在表面上抗拒喔。

「還有學姊不是說過零用錢已經花光，所以這個月沒辦法離開千葉了嗎？」

這種很有國中生風格的理由，讓人無法想像她是個年收入破億的人。

聽到我的詢問，學姊搔搔臉頰回答：

「是這樣沒錯……因為我完全把情人節這個節慶活動給忘掉了。所以才急忙預支零用錢跑過來。」

居然把情人節忘掉了……明明是正值青春的女孩子……是真的吧……雖然說是很符合這個人的作風就是了。

妖精好像很熟稔地把手搭在學姊肩膀上。

「村征今天就來住本小姐家吧！可以吧！」

「嗯？好啊，反正明天也放假……如果住妳家就不必趕在傍晚回家了。」

晚上是不是有什麼預定啊？

我所抱持的疑問，學姊立刻幫我解答了。

「征宗學弟，我就老實說了。我沒有錢買巧克力，所以，那個……可以讓我幫你們煮晚餐嗎？」

「學姊要幫我們煮晚餐？」

「如果你願意讓我使用你母親的廚房的話。」

「那個……是沒關係啦。」

那是老媽的遺物，雖然是我很重視的事物……不過卻不會覺得是我專用的。不如說，如果有人能夠善加運用的話，我反而比較感激。

老媽她也一定會覺得很高興吧。

「是嗎？」

學姊綻放出有如向日葵的笑容。

「那就大家一起吃吧，當然也有紗霧的分。」

紗霧……是嗎？

這部分的人際關係，看來也逐漸變得深厚。

「哈哈，這感覺還真不錯呢。」

感覺好像家族團圓一樣。

決定好之後，學姊就往玄關走去。

「那麼，我去拿材料過來。」

「啊，要買東西的話錢我來——」

「哼，無需操心。這早已準備好了。」

學姊帥氣地舉起單手，接著直接走出玄關。

站在我身旁的妖精說：

「雖然她一臉好像是自己準備的表情，但村征是要去本小姐家的冰箱拿喔。」

「……啊，是這樣呀。抱歉喔，總是給妳添麻煩。」

「沒關係啦，彼此彼此嘛。而且要說的話，你老是在本小姐家用印表機印東西，這才該請你付紙張跟墨水的錢。」

「……是。」

的確是應該要付。

「啊！還有，本小姐可是有確實依照你的要求『親手製作巧克力蛋糕』喔，你就超級期待地等著吧！」

「……要求？」

那什麼意思？或者該問——

「妖精也要給我巧克力嗎！啊……是指大家一起吃——這個意思？」

「笨蛋——！笨蛋笨蛋笨蛋笨——蛋！」

妖精對我破口大罵。

她食指上那剪短的指甲，不停戳著我的胸口。

「是要給你的，要～給～你～的！本小姐這個超有魅力的超級美少女親手製作巧克力蛋糕，不是給別人而是只有要給你！所以叫你要滿懷超級感謝的心情好好享用！知、道、了、嗎！」

「……知、知道了啦。」

在被大發雷霆的情況下拿到巧克力的人，除了我以外應該沒幾個。

妖精無奈地張開雙手。

「真是的——到這種時候還是那種認知，所以你才會被說是輕小說主角啦！你姑且可以算是本小姐的新郎候補耶！」

她彎腰把臉靠到我的臉旁邊——幾乎是要接吻的距離。

「本小姐只打算跟最喜歡本小姐的人結婚。來，仔細聽好嘍。本小姐就用任何遲鈍系輕小說主角也能聽懂的方式告訴你——」

「——這是『本命巧克力』喔。」

「——————」

「明白了嗎？」

她露出燦爛的笑容。那是天真無邪，又充滿活力的表情。

叩，我的腦袋就好像被球棒直接敲下去一樣。

如果是戀愛喜劇小說的話，這是只允許在終盤出現的決定性台詞。

而她卻乾脆地把這句話講出來。

這就是名叫妖精的女孩子吧。

我以愉快的心情……

「明白。」

這麼回應她。

咚咚，這時候慣例的踩地板聲響起。

「好啦，你快過去吧。」

妖精用一臉知曉內情的表情催促我。

「喔。」

不用她說我也有這個打算。

我走上樓梯，抵達「不敞開的房間」。

結果……

「……咦？」

「不敞開的房間」的房門……已經微微打開。

這種過去從未發生的狀況，讓我大吃一驚。

這個……到底是……？是紗霧打開的嗎……？

仔細一看，房門前的地板好像有「某種東西」。

戰戰兢兢地靠過去後，我發現那是↑形狀的箭頭型貼紙。

「？？？這是要我……進去房間嗎？」

雖然我依舊感到混亂，但還是依照指示（？）伸手握住門把並且開門。

嘰嘰……嘎吱聲響起，我將房門打開。

「！那、那是什麼？」

看清楚房間裡頭狀況時，我立刻像陷入錯亂般大喊。打開門的瞬間，有個超可愛的「奇妙物體」進入我的視線裡頭。

「…………………………」

那是人類的形狀。

那是用複數的瓦楞紙箱，精巧組合而成的東西。

那是跟我妹妹差不多高，還有著跟我妹妹相似的可愛臉蛋從頭部紙箱前方露出來。

然後構成全身的每個紙箱上頭，都印有amazon.co.jp的字樣。

「……咦？什麼？紗霧？」

「喝！」

她發出可愛的吆喝聲後，「那東西」在我面前輕快地跳起，然後張開雙手——擺出「大」字型的姿勢著地。接著又用跟我妹妹相同的聲音——

「身體健壯！」

鏘～～我彷彿能看見她背後出現很時髦的狀聲字。

「…………………………」

「……………………………………………………」

這實在太超現實了，讓我無法做出反應。

接下來，沉默又持續了幾十秒。接著「那東西」又繼續下個行動。

她似乎感到不可思議地歪著頭。

「感想呢？」

「什麼？」

「看到我變得這麼健壯，有什麼感想？」

「？？？？？？？」

面對妹妹露出一臉超級得意的表情，還開始講些意義不明的話來。我身為哥哥到底該怎麼回答才好？

紗霧很自豪地拍拍瓦楞紙箱的胸膛。

「我也變得非常值得依靠喔。」

「……那、那個……」

當我正感到困惑時，電腦桌上的喇叭發出短暫的振鳴聲。

紗霧得意的說：

「耳麥也內藏在裡頭了。」

…………這下真傷腦筋。該怎麼辦……該怎麼回答才是正確答案……？

「來，快說感想。」

可惡，居然催促我！

「呃……感想，感想喔。稍、稍微等我一下……」

我用手按住太陽穴迷惘了一陣子，總之先將眼睛看到的事物直接敘述出來好了。

「全武裝紗霧？」

「才、才不是那樣子！」

全武裝紗霧生氣到雙眼都變成＞＜的形狀。

雖然我覺得自己取了個很完美的名稱，但她似乎並不喜歡。

「真的很抱歉喔，我完全搞不懂紗霧妳尋求的是哪種感想。」

「哥……哥你這！哥哥你這！唔……唔唔～～～～」

紗霧滿臉通紅地顫抖著。搭配上超現實的裝扮，這個動作讓人覺得可愛到不行。

「不過，該怎麼說……呵呵……雖然我想這跟妳追求的答案應該不一樣……」

我放棄忍住笑意——

噗哧地笑了出來。

「但總覺得好好笑。」

「！」

紗霧有一瞬間像是受到打擊般僵住。

「啊，是喔！哼！」

她連同頭部的瓦楞紙箱一起把頭轉過去。

「預定都亂掉了啦！」

「預定是什麼意思？」

「不知道！」

接著紗霧把裝備瓦楞紙箱的其中一隻手伸出來。

「幫我拿下來。」

「這個自己拿不下來啊……」

我按照妹妹說的，將全武裝紗霧的手部零件與頭部零件卸下。腳部與身體零件則是繼續裝備著。

紗霧用輕量化的手伸進身體零件裡頭不停翻找。最後拿出某種東西，然後往我這邊遞過來。

「…………這個。」

「什麼？這是……要給我嗎？」

「別管那麼多，拿去！」

「喔，喔……」

這時候情人節的事情已經從我腦袋裡被吹跑，所以沒有在意太多就收下紗霧拿給我的神祕物體。

我將似乎是用毛線製成的東西打開一看。

「這是……襪子嗎？」

「沒錯！而且——仔細看好嘍！」

「喂，這太厲害了吧！哇啊，襪子花紋本身就是《世界妹》的角色耶！咦……難道說，這是妳自己編的？這種商品，就算是Cospa（註：製作及販賣角色扮演服裝、特製服、角色商品的公司）也不會幫忙製作耶。」

希望大家聯想到凱●貓或者是光之●少女那些給小女孩用的襪子。而且跟那些正式販售的角色商品比起來，這個可說是製作得更加精美。

「呵呵……因為這是世界上只有我做得出來的襪子。」

紗霧的心情似乎完全好轉，她很得意地誇讚自己製作的襪子。

「……是、是這樣沒錯。不過，紗霧妳進步好多喔……真的做得好棒。」

「嘿嘿……這次……是我贏了。」

很遺憾地，我沒有在情人節收到「妹妹巧克力」。

「是啊，編織對決完全是我輸了。這個襪子，我會心懷感恩地拿來穿。」

「嗯，很好！」

但是相對的，我或許收到了更加寶貴的事物。

也許獲得了非常重要的寶物。

「因為天氣還很冷……所以你出門時，就穿上這個吧。」

「咦……要我穿……這個『妹妹襪子』出門嗎！」

就算穿著長褲，還是會稍微看到一點點妹妹的臉耶。

「我覺得……應該會很暖和……不行嗎？」

…………………………

「怎、怎麼可能會不行！好、好吧！我穿給妳看！我就穿出去給妳看……！紗霧，我會穿上這雙『妹妹襪子』然後到北千住的LUMINE給妳看——！」

從智惠那邊收到書，從惠和愛爾咪那邊收到人情巧克力。

村征學姊親手煮飯招待我。

從妖精那邊——收到本命巧克力。

從妹妹那邊收到襪子。

今年的冬天不管是身體或內心，在各種層面上——看來都會變得很暖和。

＊

「對了……為什麼哥哥會喜歡『身體健壯的人』呢？」

「什麼？」

這是個完全出乎預料的問題，害我發出奇怪的聲音。

「那、那是……因為愛爾咪講了……這件事……不、不是我去問她的，是她自己講出來的而已……那個……就、就想知道為什麼。就、就算……你不想告訴我……也無所謂……」

「紗霧，那是因為……」

我老實地回答。

其實也不是什麼大不了的事情。之所以沒有告訴愛爾咪，單純只是不適合在氣氛那麼愉快的場合講而已。

「我已經不希望再失去自己最喜歡的人了。」

我緩緩地，盡可能用溫和的語氣微笑說著。

「我希望他們能永遠身體健康……然後待在我身邊。所以我喜歡身體健壯的人。」

「……哼、哦……是這樣啊。」

「妳也不要感冒嘍。」

「……笨蛋。」

情色漫畫老師
ero manga sensei
第三章

三月，白色情人節過後又經過了幾天。

星期天的早晨，我由於「某種原因」而煩躁到垂頭喪氣，同時在收拾客廳。

客廳裡飄散著異常的臭味。

雖然實在不想說明……但這跟普通的高中男生可說是幾乎無緣的東西。

「唉～～這下真是傷腦筋。」

我用力嘆口氣，並且垂頭喪氣時。

咚咚咚咚，突然傳來一陣走下樓梯的腳步聲。

「！」

是紗霧嗎！於是我轉頭看向聲音來源——不過這當然是不可能的。客廳的門被打開，出現在我面前的人是妖精。

她又跨過陽台，從二樓的「不敞開的房間」過來了吧。

紗霧也根本不用特地把窗戶的鎖打開啊。

「早安啊，征宗！今天可愛的本小姐也過來啦——……………」

她難得穿著哥德蘿莉風格的服裝，看到客廳的慘況後發出「嗚！」的聲音。

接著刻意捏住鼻子。

「酒臭味好重！怎麼了！這怎麼回事！」

「……這可不是我喝的喔。」

「那種事光用看的就知道啦！不是問那個，是這個！是在問你這物體到底是什麼啦！」

唰！妖精用力指向沙發。那邊有個失去意識的男性癱軟地躺著，臭氣主要都是從他身上散發出來。

我用手指揉揉太陽穴，回答妖精的問題。

「那個嗎？那個……如妳所見，是席德。」

妖精依舊捏住鼻子，往睡在沙發的他臉上看。

「咦？國光？真的嗎？啊，真的耶～他臉色好糟糕地睡著了……所以一乍看才沒有認出來。」

他的臉色跟屍體沒兩樣，連口水都流出來了。

真可憐……完全沒有往日爽朗帥哥的風貌。

「這傢伙怎麼了？為什麼會癱在這種地方？……或者該問說，他還活著嗎？」

「還活著還活著。呃，該怎麼說。就是說啊，還記得之前的白色情人節嗎？」

「啊，記得記得。好像是國光喜歡責任編輯那個老太婆，然後收到人情巧克力就起勁地說要製作個很厲害的甜點對吧。」

「沒錯沒錯，結果就是這副模樣。」

我稍微有點尷尬地用手指向倒在沙發上的席德。

「結果不順利嗎？啊～～啊，所以才給他忠告說要稍微節制點呀……果然是太過起勁，結果被說很噁心嗎？」

這傢伙還挺過分的。

「就算是神樂坂小姐，也不會對負責的作家講到這種地步吧……只是他把親手製作的超厲害糖人送給她後，就被說『非常感謝你，編輯部（↑這部分好像被強調的樣子）會好好享用這個點心的。』這句話。接下來，周圍的帥哥編輯們就立刻把糖人全部吃光。」

實在太殘忍了，光用聽的胸口就一陣疼痛。

「再說，我也只聽到這邊而已……席德剛才來到我家後，就馬上變成這副德性了。」

「精神也太脆弱了。這根本沒什麼大不了的嘛。如果是戰鬥系小說，現在就是才剛被勁敵狠狠打敗一次的劇情發展吧，接下來才會開始變得有趣。結果這傢伙就這樣認輸了？該不會是白痴吧？」

還真辛辣。

妖精像是失去興趣般嘆口氣。

「征宗，你知道嗎？這廣大的宇宙裡可是有個送了本命巧克力，但對方卻沒有任何回應的超可憐女孩子喔。」

好猛烈的挖苦！

「我、我有送妳鱉甲糖吧！在白色情人節的時候！」

「本小姐覺得那種跟老頭子沒兩樣的選擇也怪怪的……雖然很漂亮也很好吃啦……不過，反正你也都送其他女生相同的東西吧？」

妖精嘟起嘴巴。

「不，所有人我都送不同的東西。」

「哦～～……那請你詳細說明一下。」

「為什麼啊！」

「不為什麼！」

妖精的臉迅速逼近過來。她雖然不說出理由但絕對要聽我說，我能感受到這股氣魄。無可奈何之下，我只能揭露自己的隱私。

「……首先是村征學姊，我有送過她自己撰寫的短篇小說。」

「這本小姐知道，我已經直接聽她講過了。這是本人要求的對吧，來，下一個。」

「……喔、喔。然後……智惠是村征學姊的簽名，我直接問了本人想要什麼書，就把那個送給她。」

「原來如此。那個人好像是村征的書迷吧——好，下一個。」

「神樂坂小姐的話，我將使出渾身解數寫出的新刊原稿在截稿日前交給她，這就當成是白色情人節的回禮了……還有就是……惠吧，她的話，該說還沒有給她……還是該怎麼講呢……」

「講得真曖昧……所以是什麼？」

「我實在不太想講出來，真的非講不可嗎？」

「不行，給本小姐從實招來。」

她回了個燦爛的笑容。我放棄抵抗，把白色情人節前跟惠之間的交談告訴妖精。

我把直立擺在電視機旁邊的文件夾拿起來遞給她。

「……妳看看這個。這是白色情人節前一天，惠交給我的東西。」

「啥？那是什麼？明明是白色情人節，卻是女孩子送你禮物？」

「看裡面妳就知道了。」

「…………」

妖精接下有著柔和色彩的可愛文件夾，然後打開它。

裡頭有一大排附上照片的目錄。

「跟哥哥到遊樂園約會的權利♡（地點要再討論(//▽//)）」、「跟哥哥到西新井看電影約會的權利♡」、「哥哥介紹十名有名作家朋友給惠惠認識的權利」、「惠惠到和泉家過夜的權利♡」、「哥哥到惠惠家玩並且過夜的權利♡」、「特別驚喜禮物！沒想到哥哥竟然讓小和泉來上學了！」

等等、等等——

「……這、這是。」

妖精看了文件內容後，表情開始不停抽搐。

雖然她似乎已經察覺了……但我還是告訴她答案。

「這是惠自製的『禮品目錄』。也就是說——」

「……惠把自己『希望你在白色情人節回禮給她的東西』作成目錄，然後在前一天交給你。就是這麼一回事吧？」

「嗯。」

「真虧那女人能想出這麼厚臉皮的事情呢～」

惠也不會想被妖精這麼講吧。一般來說，禮品目錄是由贈送方給對方的，而不是收禮方寫下希望拿到的東西再交給贈送方。所以我拿到時也嚇一大跳。

「……看來我拿到情人節巧克力的代價，就是要從這目錄裡頭選出回禮，然後在五月底之前送給惠才行。」

反正我原本就有打算回禮，這點本身是無所謂……

但是目錄上的東西，每一個都是令人難以選擇的禮物，讓人煩惱到底該怎麼辦才好。

「哼～嗯，原來如此呢～唉～……仔細想想，這還真是個好主意。不然給那個叫征宗的傢伙選，都只會變成鱉甲糖而已。」

「……喂，妳是不是說了什麼很過分的話？」

妖精充滿興趣地翻閱目錄。

不久後她停下翻頁的手，指著某項「回禮」給我看。

「決定了，本小姐要這個。」

「咦？不，所以說這是我要給惠的『回禮』──」

「本小姐想要這個當成你在白色情人節的回禮。征宗，就給本小姐這個吧。」

她完全沒在聽……不過……算了，也好。反正我也想要送給對方自己喜歡的「回禮」。妖精總是很照顧我，如果這樣能稍微回報一下那也很划算。我苦笑地點點頭。

「知道啦，妖精……就讓我重新『回禮』給妳吧──所以，妳要選哪個呢？」

往目錄上看去後……

「！這個是……」

結果讓我睜大眼睛。

「哼哼。」

妖精選擇的「我的回禮」是──「跟哥哥到遊樂園約會的權利♡」

「本小姐很期待喔，哥哥♡」

她閉起一隻眼睛展現出的笑容，讓我不由得感到臉紅心跳。

「好啦～～♪雖然想要馬上進行約會的討、論、啦～～……但在這種充滿酒臭味的地方可沒辦法好好講話呢！」

妖精很高興地把目錄闔上並且還給我。

「回到原本的話題。國光變成那副德性的理由本小姐懂了，然後啊…………………」

接著她舉起單手，指著客廳的角落。

「那邊那個……用體育課坐姿在喝啤酒的可疑人物是誰？」

「……呃——」

我緩緩轉頭看向妖精所指的方向。

那邊有名纏繞著黯淡氛圍的男性，單手拿著啤酒罐並且雙手抱膝坐在那邊。

他把染成金色的長髮綁在後腦杓，黑色服裝配上銀飾品感覺會被刊登在M●N'S KUNCKLE的流行服飾。本來應該是個看起來相當帥氣的人，但現在長出雜亂的鬍鬚，臉龐也消瘦憔悴，還有很深的黑眼圈。

他——

「是跟我相同文庫的前輩，草薙龍輝老師。」

跟外觀給人的印象相反，他能夠寫出相當清純美麗的戀愛喜劇小說。

最近才剛動畫化的代表作《Pure Love》，就是描寫有著如同聖女般清澈心靈的大小姐無比專一又天真爛漫的戀愛。由於落差實在太大，似乎連家人都不知道他的職業（好像是說了大家也都不相信）。

妖精聽到草薙學長的名字，就把手按在額頭上擺出想起這個人的動作。

「草薙龍輝——喔，就是跟本小姐的《暗黑妖精》同時期開始播映動畫的。」

「對對，就是那個人。」

也是在新年會上單手拿著香檳，看起來情緒高亢的那個人。

「現在雖然就跟妳看見的一樣已經化為殭屍。但剛才可是他把席德帶來的喔——對吧，學長。」

差不多也該讓這兩個醉鬼回去了，我懷抱著這種心情跟他說話。結果草薙學長緩緩抬起低垂的臉龐。

接著咕嘟喝下一口從麥芽中萃取出來的毒素後，用低沉沙啞的聲音說：

「……你這是對大學長講話的態度嗎？」

在外觀、聲音與酒精的相乘效果下，這模樣實在非常恐怖，但是我沒有退縮。

「我現在可是因為有人吐在地毯上所以非常生氣喔。」

害得客廳充滿酒精與嘔吐物混合而成的氣味！

如果被妹妹覺得我很臭的話，你們要怎麼賠償我！

「……吐的人又不是我。」

「同罪啦，同罪。請快把睡在那邊的嘔吐先生扛起來，立刻回家去吧。」

「……………………………」

我訴說理所當然的道理後，草薙學長再次把嘴巴抵在罐子上。

「給我計程車錢，我現在沒錢。」

「啥？你在講些什麼村征學姊才會講的話啊。你可是成年人耶，怎麼會沒錢。」

「昨天我在編輯部找了有氣無力的獅童去酒店借酒消愁。」

這也太突然了吧，他好像開始講起什麼事情來。

草薙學長用銳利的眼神瞪著癱倒在沙發上的席德說：

「結果趁著我去廁所的時候，那個白痴就點了十二萬的酒。」

「啊，啊啊——」

這副光景我彷彿可以親眼看見……

草薙學長用單手將喝完的罐子捏扁。

「很不可思議吧？很難以置信吧？而且到結帳為止他都沒有跟我說喔。」

「喝醉酒的席德是個究極蠢貨，所以這點事情嘛……嗯……」

「……你要先講啊，我可不知道這傢伙喝酒後就會變蠢貨。」

「關我什麼事，我又不在現場。」

再說這兩個男人什麼時候變這麼要好了。

這麼說來，新年會的時候好像有說過下次要一起去喝酒是嗎？

「總之，因為這樣所以我沒錢了。」

草薙學長對我伸出手。

「給我錢，能夠搭電車就好。」

還不是借錢這點，就能徹底表現出這個人有多人渣。

不過，連同伴的酒錢都一起付清，代表他也有老好人的一面就是了。

「走路回去如何？」

我冷淡拒絕草薙學長厚顏無恥的要求。

「不要生氣啦，重點是要改變一下想法。」

學長往發出惡臭的地毯瞄了一眼，接著用只有表面像是要奉承我的語氣說：

「只要想到這個吐價值十二萬，就會產生感激的心情吧。」

「產生個鬼！快滾回去！」

雖然試著對他怒吼——但這個醉鬼似乎完全不打算回去。

他就像電池耗盡般低下頭，又開始繼續小口小口的啜飲啤酒。

……實際上，草薙學長之所以會變成這種狀態，我大概猜得到原因——

「……看來這下不行了。」

我看開地嘆了口氣，環視悽慘無比的客廳。

「可惡……是我要收拾嗎……」

妖精拍拍我的肩膀。

「本小姐也來幫忙吧。」

「不用啦，怎麼好意思麻煩妳幫忙到這種地步。」

「沒關係啦。你等一下，本小姐去換套可以弄髒的衣服來。」

「……喔，謝謝妳。」

雖然不會對本人說——

不過跟這傢伙結婚的人，說不定……會非常幸福吧。

在妖精的幫助下，客廳的清理速度頓時加快許多。我們把弄髒的地毯拿去送洗、仔細擦拭木質地板、噴灑除臭劑、把空罐丟掉……

還囑咐紗霧把「不敞開的房間」鎖上，且絕對不能出來。

「呼……這樣子差不多是一半了。」

「不過，看來暫時還會有味道殘留……」

到這種地步，我的內心才終於又有了些餘裕。

順帶一提，睡在沙發上的席德因為很礙事，所以就把他丟到走廊上。

草薙學長依然保持雙手抱膝的坐姿，用如同死魚的眼神注視著虛空。

不知道是從哪裡拿出來的，散亂在他周圍的空罐不知不覺間又增加了。

「學長，你是從哪邊拿酒出來的！這樣子不管怎麼收都收拾不完啦！」

「已經沒了啦，這是最後一罐……再說酒也差不多醒了。現在因為沒有喝醉，所以反而超想去死。」

啊——我不想聽得太深入，無視好了。雖然我立刻下定決心……

但是穿著運動外套的妖精，開始發揮那無謂的好奇心。

她拉拉我衣服的袖子。

「喂喂，征宗。為什麼那個可疑人物會這麼消沉呢？這看起來應該不只是因為付了酒錢而已吧。」

「……別問我。」

雖然猜得到原因但我可不想說出來。

妖精環視起學長跟他周圍，並且開始觀察。垃圾袋裡頭丟著動畫版《Pure Love》的宣傳單，那是剛才散落在草薙學長身邊的東西。更仔細一看，可以發現草薙學長正把動畫版的藍光光碟第一集彷彿當成自己孩子般緊緊抱著。

妖精用力拍響手掌。

「啊，本小姐知道了！」

「不用講出來也無所謂。」

我的制止是白費力氣，妖精直截了當地說：

「想必是《Pure Love》的藍光光碟跟原作銷售都爆死，所以他就墮入黑暗面了吧！」

「我都叫妳別講出來了吧！」

「記得是兩百——」

「快住口！不能再講下去了！」

在輕小說作家之間，銷售量的話題是罩門。

如果雙方的成績在某種程度裡抗衡，因為煩惱與不滿會很相似，那麼也有可能愉快地熱烈討論。

不然如果在場成員都是懂得看氣氛的人，那也會是很適合消除壓力的場合吧。

但是，大多情況下都不會變成這樣。

希望大家回想一下我跟妖精初次見面時的對話。

像那樣有一方開始發火後，雙方的關係就會開始惡化。接著開始演變成鬥毆事件，最後會延燒到周圍演變成更嚴重的狀況。

情報來源是我。

不然就是……

「咯咯咯……終於……終於輪到我被講到這個話題了嗎？」

會被迫聽些很難以回應，充滿暗屬性的事情。

接下來──

那類實在沒辦法讓人聽到的事情，大約持續講了十分鐘左右。也許會有人在意這些內容吧，但因為絕對不能寫出來所以請容我省略。

草薙學長以那副蓬亂頭髮與雜亂鬍鬚的悽慘模樣，在大半時間都不停哭泣的情況下繼續講著。

「其實我……也不是對動畫的品質有意見……身為原作者，能夠好好重現原作就很滿足了。而且我也真的很感謝導演與製作小組……自己作品的角色光是會動會講話就讓我很高興……評價其實也不差。可以說是完成一部很有趣的作品。但是……就是賣不好而已！」

「沒錯，是的。這我懂，沒錯。」

我相當拚命地附合著這段完全不想聽的抱怨。

這就是後輩作家的為難之處。我也好想要一個跟和泉征宗老師一樣，懂得安慰別人（還有又不會吐在別人家裡）的後輩作家喔。

話雖如此。

我對於像草薙學長這種暢銷作家們，還是沒辦法打從心底感同身受。

即使看到動畫化作家變成這副德性──我內心某處還是會有「好羨慕」的想法。所以我沒有辦法對草薙學長說些什麼，就只能聽他講下去而已。

妖精消沉（雖然是個幸福的誤會）的時候，我也什麼都辦不到。

草薙學長用沙啞的聲音說：

「和泉啊……我……在家裡可是被當成尼特族看待喔。」

「嗯，嗯……」

輕小說作家那種一直在房間面對電腦敲打鍵盤的工作情景，可說是極度接近尼特族。

每天都待在家裡頭，這傢伙到底是從事什麼工作？被這樣認為的輕小說作家除了草薙學長以外，應該還有一定的數量吧。

我跟席德還是學生，草薙學長也還年輕所以算不錯了。在平日的上午被人目擊到的輕小說作家，我想除了無業尼特族以外很難被當成其他職業看待。

「本來以為只要動畫化後變得有名，我就可以重新抬頭挺胸地公開自己的職業。這樣子就算被住附近的老太婆之類問『你是做什麼工作的？』這種垃圾問題時，也能讓內心充滿餘裕地無視她……我拚死撰寫輕小說，深信只要能動畫化就能改變一切……可是……可是！嗚噫……為什麼只是銷售量不好，就要被連我的讀者都不是的傢伙汙辱啊！如果是說劇情寫得無聊那不管怎麼抱怨我都會聽，但是銷售量跟你們沒關係吧！那些廣告營利部落格的傢伙們全部去死！毀滅吧！」

他用雙手抱膝坐姿發出靈魂的怒吼。

「……很辛苦對吧，真的很辛苦對不對……」

我光是用聽的就覺得很辛苦。

這副模樣也許會是未來的我，所以也不能置身事外。

「如果要說什麼是最該死的，我這個到這種地步還要顧及氣氛，只能打些顧慮各個相關單位的官腔的原作者是最該死的！啊啊，今天也得在推特上講些**沒用的宣傳**……『如果能被當成哏來講反而讓我很光榮。』、『不管是什麼樣的形式，只要能讓大家笑一笑，身為原作者沒有比這更開心的了』——怎麼可能會開心嘛！我也是流著鮮血的人類啊！你們到底懂不懂啊！人渣人渣人渣人渣！這群垃圾人渣！嗚……嗚嗚……我才是最人渣的傢伙……」

他那幾乎快哭出來同時又在滑手機的眼睛裡布滿了血絲。

「嗚哇，可惡！不管寫再多的輕小說，也不會有半點救贖！和泉，你有在聽嗎！啊啊！」

沒救了……草薙學長已經完全被黑暗給吞沒了……

這時妖精再度拉拉我的衣服袖子。

「喂喂，征宗。一個成年人喝醉酒後對高中生不停講些毫無重點的話，這模樣實在太沒出息了，好有趣喔。」

「妳就稍微安靜點，好嗎？」

不要讓事情變得更加複雜好嗎？

「不過啊～～這種心情本小姐也懂～～超懂的～～」

妖精突然開始宣稱自己也很了解這些事。

她雙手交叉，不停點著頭。

然後用挺認真的姿勢開始垂頭喪氣。

「嗚嗚……征宗，你也聽聽本小姐的牢騷吧……那個啊，本小姐擔任原作的《爆炎的暗黑妖精》動畫藍光光碟……只**賣了三萬片而已**。」

「是嗎——……只有三萬片……………………妳說什麼？」

我真的就發出這種怪聲。剛才如果我沒有聽錯的話……總覺得好像聽到比《Pure Love》還要多出百倍以上的數字耶。

「本小姐是預計要賣到六十萬片左右才對……然後應該要藉由動畫化風潮推動原作小說來突破六億本……」

這麼說來她曾經講過呢，就在跟村征學姊初次見面的時候。

這根本是對吉卜力找碴的妄言。

「唉……目標完全無法達成……已經不行了……結束了……山田妖精也要跟動畫化一起退流行了……下次新刊的初版印刷數量，**也只有二十萬本**而已……」

已經退流行啦～～只能印刷二十萬本而已啦～～本小姐已經退流行啦～～

妖精重複講了好幾次。重複講著這些毫無惡意，真的是發自內心說出的真心話。

「…………………………」

「…………………………」

我跟草薙學長只能愣愣地聽她講。

「……這、這個小鬼……」

學長不停顫抖著，就跟我第一次和妖精見面時非常相像。

「喂，和泉……真虧你還能若無其事地聽著。」

「不是啦，我已經聽太多次早就習慣了，所以也不太會感到生氣。」

我苦笑地進行解說。

「這傢伙是認真想要以輕小說來爬到頂點喔——雖說市場規模可說完全不同，但她依舊真的認為自己能夠贏過漫畫。她也毫不猶豫地斷言說，由文字、插畫與讀者所構成的輕小說才能創造出最棒的綜合娛樂。這不是想要挖苦或是打擊草薙學長，而是這傢伙真的因為自己的書沒辦法賣到六億本而感到消沉——很笨對吧？」

草薙學長用力皺緊眉頭。

「呿，總覺得自己好像白痴一樣……我要稍微躺一下。」

「請你回家去好不好！」

……就這樣。

因為輕小說作家們的來襲，讓我貴重的假日毫無作為地浪費掉了。

正如大家所見，才到上午而已，狀況就糟到幾乎是把今天稱為倒楣日子也不為過了——

但是今天降臨在我身上的麻煩，不如說現在才要正式開始。

嘔吐先生跟酒醉的戀愛喜劇作家搭檔，與現在才要跟「真正的敵人」展開的戰鬥比起來，可說是比中頭目還要沒勁。

話說在前頭……這可不是誇大的比喻。

這應該早在一開始就說過了——我一直都持續在戰鬥著。

然後現在再度說明一下我家的狀況。

客廳有睡倒在地上的黑衣可疑人物。

散亂一地的啤酒空罐，口服補水液的寶特瓶與液體胃藥。

——像這類的各式各樣空瓶與空罐，還有些其他有的沒的。

然後就是努力清理這些的我，還有身穿運動外套的金髮美少女。

一樓飄散著嘔吐物與酒精混合而成的詭譎臭味，走廊上有個流口水的醉漢難看地倒在那邊。

完全就是「在家酗酒後的隔天早晨」這種慘況。

正處於這種糜爛氣氛的和泉家——

「！」

突然湧現出異常的緊張感。

喀嚓聲響起。

玄關大門的鎖被打開，傳來轉動門把的聲音。

「————」

正好在走廊打掃的我和妖精，不知為何對這普通常見的聲音產生強烈反應。

如果要說明原因，那就是根據和泉家的家庭構成，有不是我也不是紗霧的某人「打開門鎖，轉動門把」——是這種想法瞬間無意識地傳達到大腦才會產生反應吧。

總之，我們就像戰鬥小說的角色般轉頭朝向玄關。

嘰——玄關大門在我們面前打開。

這個應該只有一對高中生與國中生兄妹所居住的家裡。

現在變成「在家酗酒的隔天早晨」這種慘況的家裡，這個人物光明正大地從玄關門口走進來。

「……………………………………」

她緩緩環視「自宅」走廊的慘狀。

接著依序看了「不熟悉的金髮美少女」與「姪子」一眼後，用冷淡到令人恐懼的聲音說：

「正宗，這是怎麼一回事？」

那是有如寒冰般的憤怒。這個釋放出強烈壓迫感的人正是「拆散我跟紗霧的真正敵人」——

「京、京香姑姑，為什麼妳會在這裡……！」

在教室跟朋友開心地大吵大鬧時，突然有老師走進來——要比喻的話，現在就是這種氣氛。

連妖精也用僵硬的聲音看著我說：

「…………征宗，這是誰？」

「……是我們兄妹的……監護人……」

沒錯，監護人。

對我來說，就是跟老爸——跟父親有血緣關係的親生妹妹。

話雖如此，但她非常年輕。光看外表的話，說她是大學生也不為過。如果介紹說她是席德的同學大概也會相信吧，實際年齡應該也沒有比神樂坂小姐大。

她是位有著讓人感到嚴肅的黑髮，以及細長眼睛是最大特徵的和風美女。

筆挺的套裝也能充分表現出她的人格特質。

她毫無顧忌地從走廊走進來。

「初次見面妳好，我是和泉京香。」

她對妖精這麼自我介紹。

「妳是？」

「本小姐是住在隔壁的山田喔。」

妖精坦蕩蕩地看著京香姑姑的眼睛回答。

面對這位京香姑姑光是能辦到這點，就讓人覺得她很了不起。

我辦不到，因為很可怕。

京香姑姑對妖精的存在只說一句「是這樣嗎？」就結束了，接著繼續冷漠地說：

「……山田小姐，雖然很不好意思，但今天可以請妳先回去嗎？」

「哎呀，那是為什麼呢？」

妖精採取正面迎擊的態度。

我緊張到額頭汗如雨下，並且低聲對她說：

「……抱歉，今天妳先回去吧。」

看到我這模樣她似乎也察覺到什麼，於是妖精……

「是嗎，那就這樣吧。」

就乖乖回去了。

之後——

「正宗，你有在聽嗎？」

「有、有的！」

我在客廳跟京香姑姑面對面站著，接受她的斥責。

「雖然只是暫時的，但是身為監護人的我之所以會認同你們兩人單獨住在一起，終究只是要減輕那個孩子的負擔，這只是讓那個孩子恢復的手段而已。絕對不是為了讓你在家裡舉辦酒宴，也不是為了讓你進行不純潔的異性交友。」

「是！您說得非常正確！沒錯！」

一切都正如她所說的，所以我也只能不停低頭認錯。

未成年的我們如果想要工作——不對，無論想要做什麼，都必須一一經過監護人的同意。只有兄妹兩人住在一起這種事情，本來也是不可能發生的。

現實可不像輕小說設定的一樣。

席德、妖精、還有草薙學長已經不在現場了。

剛才還躺在這邊的草薙學長，被京香姑姑瞪一眼之後就很沒出息地嚇到縮成一團。他們稍微交談一下之後，學長立刻抱起睡著的席德急急忙忙地逃跑。

可惡，這群死醉鬼！至少說明一下情況吧！

「那、那個……京香姑姑……今天妳怎麼會突然跑來……？平常過來之前，妳都會事先聯絡……」

「你講得好像我無預警回家來的話，會有什麼糟糕的情況呢。」

她用毫無感情的語氣環視周圍。在她眼前是正打掃到一半，現在還有啤酒空罐散落的客廳。

「我再問你一次……這是什麼情況？」

「不、不是……這是有原因——」

「我不想聽你找藉口。」

「唔……」

——這真是非常糟糕的狀況，她完全誤解成是在我主導下舉辦酒會的。

本來「兩人獨居」就是很勉強才同意的了，這個狀況真難解釋。

「我連一口都沒有喝，剛才的那群醉漢只是同行而已！他們喝酒喝到早上，然後就突然跑來家裡——就只是這樣！請妳相信我！」

「……真的嗎？」

京香姑姑用銳利——不，凶狠的眼神——瞪著我。

這種有如梅杜莎般的凝視，讓我感到非常恐懼。

「…………是真的。」

但是只有這個時候，絕對不能把眼神移開。

我壓抑住恐懼感，正面對上京香姑姑那冰冷的眼神。

結果——

「！」

她突然把臉靠到我胸口來。

「什、什麼！」

甘甜的芳香刺激著鼻腔，我倉皇失措地產生動搖。京香姑姑似乎沒有察覺到姪子這副模樣，

她的臉再度回到原本位置，然後毫無笑容地說：

「嗯，沒有酒氣。看來沒有說謊，我相信你。」

「呼……」

我安心地輕撫胸口。

這時京香姑姑一臉像在說「要放心還太早了」的模樣加強了壓迫感。

「然後……剛才那位說是住在隔壁的女孩子，是正宗的交往對象嗎？」

「不是！她、她是同行！」

「同行？那麼年輕的女孩子？她還是個小孩子吧——」

「那麼說的話，我——還有紗霧也是啊。」

雖然我是最近才知道的。

但是已經沒有理由對這個人隱瞞紗霧的職業了。再說代替媽媽以紗霧的監護人身分跟出版社交涉的就是京香姑姑。

「她偶爾會跑來玩，然後看到這個慘狀就幫忙我收拾。」

「是嗎，應該沒有趁監護人不在，就在家裡頭做些不純潔的事情吧？」

「才沒有！樓、樓上可是有紗霧在耶！請不要講些奇怪的話！」

京香姑姑，妳這想法才是最不純潔的吧！

當我激動的否定後，姑姑她不知道是不是生氣了。整個臉變得通紅，還用單手遮住嘴巴。

「……是我失禮了。」

好恐怖，這種會讓對方感到畏縮的謝罪真的可以存在嗎？

「話說回來，或許我們講話要小聲點。那個蒙古大夫說，光是我待在家裡頭就會給那孩子帶來負擔。不要讓她注意到我回家來，可能會比較好。」
「我想紗霧她應該光靠氣息就會發現了。」
用不著看也知道——可憐的紗霧現在正縮在被窩裡，對姑姑的來襲不停發抖。
「不過，我同意講話小聲點。」
沒有必要讓妹妹聽見她害怕的聲音。
「那麼，從現在開始就小聲說話。」
京香姑姑一瞇起眼睛，室內溫度也立刻跟著降低——我總有這種感覺。
「我來說明無預警回家來的理由吧。」
「！」
「雖然照慣例也有『監視』的意圖在裡頭——」
「但主要是要進行『定期測驗』。」

「定期測驗」。
繼續進行比預定提早一個月出現在我們面前的「試練」這個話題之前……
關於和泉京香她這個人，讓我再稍微說明一下。

和泉京香。

是跟我父親差很多歲的親生妹妹，也是我們兄妹的監護人。

對和泉征宗而言……已經是唯一有血緣關係的親人。

性格從剛才的交談應該就能知道。

如果用輕小說風格來形容，就是能夠威震所有看見的事物，能夠凍結所有接觸的物體——可以說是位「冰之女王」吧。

雖然完全設定成敵方角色了，但這也沒辦法。

這個人我從以前就超怕她！

從我懂事的時候開始……

『京香，妳有要吃飯嗎？』

『我討厭妳。』

『這我知道，所以妳有要吃飯對吧？』

『我最討厭妳了！』

她跟老媽——也就是我的母親感情超級差，不但老是在生氣也總是露出恐怖的表情……看到我時就會用凶狠的眼神瞪過來。

每次看到國高中女生穿制服的模樣，尤其是穿水手服，到現在都還會讓我回想起當時的心靈創傷。

回想起「冰雪公主」年輕時的壓迫感。

年幼時的我總是緊緊抓住老爸的腳躲藏在他身後，努力避免讓眼神跟京香姑姑對上。

為什麼這個恐怖的姊姊要特地跑來有討厭的人在的哥哥家裡，然後不停發脾氣呢——我年幼的心靈一直對這點感到不可思議。

當老媽因為交通事故過世，我們變成父子家庭以後，京香姑姑也會三不五時就跑來家裡。

「…………那個……京香姑姑，為什麼……妳會在這裡？」

當我這麼一問，京香姑姑就以尖銳的視線低頭往下看。

「我是來「監視」正宗，看你自己一個人有沒有好好看家。」

「……喔。」

我覺得她應該很不喜歡我。

「唉，哥哥也真是的，又讓正宗只吃些速食食品……雖然說他很忙，但他真是個沒用的男人……」

「……請不要說爸爸的壞話。」

「哼，我還沒說夠呢。真受不了……那個人從以前就很懶散，做事也很馬虎……你看，明明跟小孩子一起住，房間卻弄得這麼凌亂——咦，真奇怪……怎麼好像收拾得很乾淨。」

『……這點家事，我也會做。』

『……是你打掃家裡的嗎？』

『因、因為爸爸很辛苦……我能做到的事情……就要自己去做……才行。』

『…………………』

我只記得她用非常恐怖的眼神瞪著我。

『……你不用想那些多餘的事情也無所謂。小孩子就要像個小孩子，認真寫學校的功課然後出去找朋友玩就好了。你身邊的小朋友們也都是這樣的吧。』

『……我只是……做自己最想做的事情而已……不是心不甘情不願地在做……那個……對不起。』

『我沒有叫你道歉吧。』

老爸跟老媽都是很不拘小節的人，所以這個像是灰姑娘繼母般不停嘮叨的年輕姑姑，實在讓我感到非常厭煩。

不過……

『正宗，歡迎回來。平常你都沒有吃些正常的東西，所以我幫你準備好晚餐了。』

『……嗯、嗯。』

當我成為鑰匙兒童而感到寂寞時，這個可怕又讓人覺得很煩的姑姑，有時候也會讓我感受到一些救贖。

順帶一提，京香姑姑做的料理（跟職業是料理講師的老媽比起來）實在不是很好吃，所以不知不覺間就變成我自己做了。

對了，老爸跟媽媽——也就是跟紗霧的母親要再婚的時候也——呃，這樣會講太久還是算了。總之我會怕京香姑姑的理由，應該已經充分傳達給各位知道了。

接下來也差不多該簡單講解一下，我會把她當成「敵人」的理由。

姑姑她曾經打算用強硬的方式，把變成家裡蹲的紗霧拖出房間。

結果完全失敗，事態變得更加惡化。

現在她也是對我們兄妹的「兩人獨居」不斷提出條件——只要一有機會就想拆散我跟紗霧。

所以這個人，就是我們兄妹的「敵人」。

畫面再度轉回客廳。

我跟京香姑姑面對面坐在沙發上。

「妳說『定期測驗』嗎……？咦！可、可是現在才三月耶！」

「我有說過今年也是四月舉行『定期測驗』嗎？」

「……！」

沒說過。雖然沒有說過……但是第一次定期測驗時——

「但是去年四月時……『一年之後，會再次舉行「定期測驗」。』妳是這樣說的啊。」

「現在已經是三月，即使說是一年後了也沒問題吧。而且——測驗還是無預警舉行會比較有效果。」

「……怎、怎麼這樣……」

「有什麼問題嗎？」

「不……」

突然說要「測驗」所以讓我嚇了一跳。

但就只是這樣而已。沒有問題，應該……沒有問題。

「沒有問題。」

京香姑姑聽了我的回答後點點頭。

「我以前給你們兄妹各自出了『功課』——當成繼續過這種生活的條件。這點你當然還記得吧？」

「……是。」

——要讓學業跟工作兩立，同時持續交出一定的成果。

——改善紗霧的現狀。

這是我跟姑姑定下的「條件」。只要達成這個條件，我們兄妹就能繼續過現在的生活。維持用「我的方式」來面對紗霧的家裡蹲症狀。

但是……

如果沒有達成條件的話——到時候就會重新用「京香姑姑的方式」來處裡紗霧的狀況。

我跟妹妹會被拆散，再也無法見面。

就是這種約定。

「記得，記得很清楚。」

我用力點點頭。

「很好。」

姑姑以不帶感情的聲音說著，然後拿出用迴紋針夾住的報告用紙。

「那麼——開始測驗。」

環繞在京香姑姑身邊的寒氣，變得更加強烈。

「……正宗，做好心理準備了嗎？」

「…………是。」

彷彿身處暴風雪正中央的寒氣，讓我喘不過氣來。

胃也緊張到開始收縮。

京香姑姑從報告裡抽出其中一張紙。

「首先是關於正宗的學校生活。」

「今年我也準備好成績單了！」

我從放在房間的文件夾裡頭拿出高中的成績單交給京香姑姑。京香姑姑拿到後說聲「嗯。」後就開始看。

雖然自己講也很奇怪，但這成績應該不會太差。

「上次的定期測驗」也是靠這個讓她接受我的學校生活……

最後京香姑姑把臉從成績單上抬起來，接著這麼說：

「這次我有直接去找你的班導，跟他談了一下。」

「咦……連、連這種事情都……」

「這是當然的吧，因為我是你的——」

京香姑姑此時猶豫一瞬間後……

「……監護人。」

這麼講完後，她輕咳一聲。

「是的，因為這樣……我跟老師討論過了。從結論來說，看起來幾乎沒有問題。成績也保持在前段，品行也相當優良。要說缺點的話，就是都不參加社團或是委員會活動吧。」

「這點能請妳允許嗎？我實在沒有時間……」

「如果把照顧義妹的時間還有撰寫小說的時間空出來，應該就能過個理想的學生生活了？」

……真是討厭的說法，這讓我有點生氣。

「我是為了維持現在的生活而努力的——不管是工作或是妹妹，對我來說都很重要，非常非常重要……所以京香姑姑的『功課』我才能提起幹勁拚命專注在上頭……我是個懶惰的人……如果不是這樣的話，想必無法拿出這種成果吧。這點還務必請妳了解。」

「…………………」

京香姑姑默默聽著我說話。

「雖然有很多想說的事情……不過，就這樣吧。關於正宗學校生活的『測驗』，就算你合格了。」

「只不過……」她先稍微低下頭，接著又用強烈的眼神瞪著我。

「小孩子不像個小孩子這是錯的。非得讓小孩子過著像是大人生活的這種狀況，還有造成這狀況的元凶我都非常討厭。」

「……這是什麼意思？」

「就是我不喜歡正宗你像這樣逞強的意思。」

看來這個人真的很討厭我。

為什麼明明知道會變成如此麻煩的事情，還要特地收養我們呢？

這實在是個謎團，雖然我很感謝她。

「接下來關於你的工作——也就是執筆工作。」

京香姑姑無聲無息地將報告翻頁。

……那份報告……裡頭到底寫些什麼？是京香姑姑對我調查的結果嗎？為了不單方面聽信我的資料，所以才一一私下調查？

總覺得這次的「定期測驗」——好像比上次還嚴格？

這樣可沒辦法大意。

「是的。關於這部分……」

總之我依照預定，將準備好的文件拿出來。

「跟上次相同，我準備了資料。這邊是出版社來的支付通知單……這邊是跟責任編輯一起製作的文件……就是到二月為止由執筆工作獲得的收入變遷與詳細資料的表格。然後……這邊是前幾天交出去的報稅單影本。」

「請讓我看一下。」

唔……似乎有種像是被查稅的感覺。

明明沒有做任何壞事，可是為什麼就是會捏一把冷汗呢？

是因為京香姑姑那冰冷的眼神，就像個老練的女性稽查員嗎？

總覺得感受到一股像是被人說「你有逃稅對不對？」的壓力。

「好，沒問題。」

京香姑姑把我交出的資料放下，說聲「對了……」接著說道：

「關於你工作的情況，之前我有找你的責任編輯討論過。」

「…………」

這麼說來，前陣子神樂坂小姐有講過這件事……

哇啊……總覺得……不好的預感……不斷傳來……

「對，是叫神樂坂吧。」

京香姑姑把臉從文件上抬起來，然後明確地說：

「我討厭那個人。」

「啊，是。」

我也不是很喜歡呢，雖然受到她很多照顧。

「雖然講正宗你工作對象的壞話讓我感到很抱歉，但總覺得……無法拭去她是個會利用小孩子來賺錢的骯髒大人這種印象。」

這全都是事實。

沒有任何糾正的餘地。

雖然我覺得這種講法不太好。

因為我是小孩子才會有不好的印象，再說所謂的工作本來大多就是為了賺錢，而工作對象也或多或少都會有互相利用的這一面存在。

「如果神樂坂小姐是骯髒的大人，那就代表我也是個骯髒的小孩子喔。」

「我討厭會讓小孩子講出這種話的工作，所以我判斷輕小說作家是個會對你的教育造成不好影響的職業。」

喂，神樂坂小姐。妳是跟京香姑姑講了多少骯髒事啊。

總覺得她對輕小說作家的印象，非常非常糟糕耶！

「那個，京香姑姑……可是啊……」

「嗯，約定就是約定。只要『測驗』結果合格，我就不會對你的工作插嘴。」

——要讓學業跟工作兩立，同時持續交出一定的成果。

「關於我的工作狀況，神樂坂小姐……她怎麼說？」

「『新作賣超好的。』——她這樣講。」

低俗本性完全暴露出來啦！

「『一開始啊，本來以為是個跟我搭檔就能賣個十萬本的孩子！』、『講實在話我們接下來才要開始強推他的作品！』、『接著還會不停灑錢進行宣傳喔！』，她還說了這些。」

「…………………」

讓人只能嘆氣了。

我說真的！應該有更婉轉的說法吧！

光用看的也知道京香姑姑是個有潔癖型家長會成員屬性的人吧！

「你在害怕什麼？你可是男孩子吧——給我挺直腰桿。」

「是、是的！」

京香姑姑苛刻的話語，讓我反射性伸直背脊。

「…………哼，這樣啊……你就這麼害怕嗎？」

明明照她所說的做，可是感覺京香姑姑的心情卻變糟了。

「放心吧，責任編輯的人品跟這次的測驗無關。至少在收入面上沒有讓我能抱怨的餘地——只講收入的話。」

這種說法根本沒辦法放心吧！

接下來是什麼啦！絕對會有更糟糕的測驗吧！

「接下來關於正宗的著作，我有一些問題想要詢問。」

「咦？」

「有什麼好驚訝的嗎？」

「那、那個……講到我的著作……果然是……」

不用跟大家說明，京香姑姑就默默地從包包裡拿出那個來。

不是別的，就是我的最新作品。

京香姑姑以能夠凍結一切的聲音說出——

「……《世界上最可愛的妹妹》，作者和泉征宗。」

「啊唔！」

我像是腹部被重擊一拳，整個身體彎曲成く字型。

京香姑姑更接著說：

「……插畫……情色漫畫……」

「唔啊！」

我忍不住整個人跪倒在大地上，接著勉強抬起頭來說：

「請、請不要唸出來啊！」

「……不是要小聲講話嗎？」

「啊！不、不小心就……」

我就是受到如此強烈的衝擊。

京香姑姑用『喂，豬，就是在叫你。有在聽嗎？』般的眼神盯著我看。

接著小聲嘟噥：

「《世界上最可愛的妹妹》③～我與妹妹的臉紅心跳初體驗（約會）～」

「……咕唔～～～～～～～～～～……」

拚命忍耐的豬——那就是現在的我。

我因為羞恥而不停發抖，並且緊緊握住雙拳。

話說回來——

最近那種讓人恥於在公共場合說出書名的輕小說雖然隨處可見，但是作者是怎麼跟家人還有與輕小說無關的朋友說明自己的著作呢？

我突然想到這件事情。

「……只不過是唸出你的作品名稱、作者名字跟插畫家名字而已，為什麼要那麼樣感到不好意思呢？這本書對你來說是『會感到丟臉的東西』嗎？」

「當然不是！那是我們引以為傲的作品！就像是我可愛的孩子一樣！」

我立刻加以否定，只有這件事我不希望她產生誤會。

京香姑姑就像是發現我的弱點，不斷攻擊同一個部位。

「是嗎？那麼為什麼你會感到這麼不好意思呢？」

我用下跪的姿勢抬頭看著她，不斷支吾其詞地回答：

「那是因為…………該怎麼說……不是輕小說書迷也不是業界相關人士的一般人——雖然不知道這種說法適不適合——總之讓一般人接觸我們的作品，總覺得會很不好意思……」

雖然我絕對不認為這是部會令人感到羞恥的作品，但是該說被不相關的人看到會感到很羞恥呢？還是說不想推薦給沒有這類素養的人呢？

或者該說我們只希望給ＨＰ足以承受～我與妹妹的臉紅心跳初體驗（約會）～這種副標題的勇者才能被選來閱讀這本書。

心情真是複雜。

我想如果是戀愛喜劇小說書迷（尤其是有點色色的作品），大概就能理解這種尷尬的心情吧。

「而且……」

「而且？」

「因為是從正經又拘謹的美女姊姊口中說出『情色漫畫』這個詞啊。」

「什……！」

京香姑姑的表情第一次產生劇烈變化。她瞬間滿臉通紅，嘴巴大大張開並且不停開合。

「你、你在說些什麼！美女……不……不、不可以隨便捉弄大人！」

不知道是不是被我講到哪邊的弱點，我還是第一次看見京香姑姑生氣到展現出如此激烈的感情。我嚇到發抖並且開始找藉口解釋。

「啊！可是！這、這個『情色漫畫』也不是什麼『色色的漫畫』的意思喔！」

「這、這點小事情！我很清楚！」

「咦？妳說妳知道——」

「現在這是那孩子的筆名吧。」

京香姑姑像是故作平靜般說著。

「我知道……在比你更早之前就知道了。使用這個筆名的人物是我的敵人，我最討厭她了。不管是過去還是現在。」

這講法真是含糊。

以前使用「情色漫畫」這個筆名的人物是媽媽——也就是紗霧的母親。

實不相瞞，這個人……京香姑姑跟媽媽的感情也是差到不行——但是這代表她從那時候就知道媽媽的真實身分是「情色漫畫老師」嗎？

「這是什麼意思？」

「沒事。我失言了，請忘掉吧。比起這些，關於你新撰寫的這部小說，請再讓我更詳細地請教一下。」

京香姑姑再次把最新一集拿給我看。

我的新作系列《世界上最可愛的妹妹》第三集。

副標題是～我與妹妹的臉紅心跳初體驗（約會）～

——身為作家，要持續交出一定的成果。

我知道收入方面沒有問題。接下來就要詳查撰寫的小說「內容」——來看看是否能認定為成果。

就是這個意思吧。

我嚥下口水。

「……我明白了。請說……不管什麼問題都請問吧。」

「好，那麼——關於這本的內容《世界上最可愛的妹妹》？裡頭的劇情概要寫著……『由和泉征宗所編織而成，灌注全身心血所寫成的妹控戀愛喜劇！』，這是？」

「就是灌注全身心血……寫成的妹控戀愛喜劇……」

糟糕，我的臉開始發燙了。

「嗯。所謂的妹控，就是指Sister Complex的意思吧？這不是正式的心理學用語嗎？記得是……對妹妹抱持超越兄妹愛以上的情感……」

「呃……」

老是問些難以回答的問題讓我開始不想回答了啦！

《世界妹》劇情概要裡所寫的「妹控」是阿宅用語裡的「妹控」，跟「Sister Complex」有著微妙的差異性。這部分如果不詳細說明的話就會產生很麻煩的誤解，問題是如果要解說就得花上很多時間——

「所謂的妹控戀愛喜劇，就是有兄妹登場的歡樂故事。」

所以我徹底放棄解說。

京香姑姑發出「喔」一聲，並露出感到不可思議的表情。

「那個……也就是說，這張封面所畫的女孩子跟男孩子是兄妹嗎？」

「……呃，是的。」

「……既然是……戀愛喜劇的話……難道說，這對兄妹在談戀愛？」

「……嗯，是沒錯。」

「明明是兄妹？」

「因為是兄妹。」

「……完全搞不懂這是什麼意思。」

這、這是拷問……拷問已經開始了……！

「接下來……關於這邊的角色介紹欄，讓我有個很大的疑問點……」

京香姑姑以毫無蘊含情感的聲音，淡淡地提出疑問。

她指著寫在刊頭彩頁海報上的「某個女主角的名字」問說：

「這個『好色人類妹妹』是什麼？」

「……好色人類妹妹就是……這個女孩子的網路暱稱。」

「你是認真的嗎？」

「當然。」

這、這是什麼恐怖的苦行！為什麼我這個作者得要親自向一個看起來就對宅系次文化抱有偏見的超正經一般人解說輕小說的劇情跟設定啊！

——好痛苦！實在太痛苦了！

我用跪坐的姿勢緊緊握住拳頭。

京香姑姑更進一步對我施加拷問。

「哦——這代表說……你所撰寫的新作小說，就是描寫兄妹戀愛的故事對吧——這樣子我就懂了。」

這個眼神！這可不是看著人類的眼神喔！

「雖然是這樣沒錯！但這絕對不是京香姑姑所想的那種危害善良風俗的東西！」

我拚死幫自己的著作辯護。

「這是將住在同一個屋簷下卻無法坦率表達心意的兄妹，因為突如其來的契機開始改變雙方關係的情況描寫得有趣又好笑的故事——絕、絕對！絕對不是肯定有不健全關係的著作！」

「這樣啊，不過這點如果不讀過內容就無法得知呢。光看封面、標題跟劇情概要的話，就算被判斷為不健全的內容也是沒辦法的吧？」

「…………」

完全無法反駁，我也很清楚自己現在是一臉苦澀的表情。

京香姑姑用看起來就像是虐待狂的動作，把手指抵在嘴唇上。

「還是說，你有什麼根據可以證明自己的製作『不會給讀者帶來不好的影響』嗎？」

「不，肯定是會有不好的影響吧。」

「耶？」

也許是回答太出乎預料之外，讓京香姑姑發出可愛的聲音。

「正宗，那個……你剛才說什麼？」

「……………………………………………………」

糟、糟了！忍不住就老實回答了……這下該怎麼辦……

「呃，關於妳詢問說『我的著作是否會給讀者帶來不好的影響』這點……」

看來沒辦法矇混過去，乾脆將錯就錯講下去吧。

「當然會有影響，不管是好的影響還是壞的影響都會有，正因如此才有趣。我是這麼認為的。」

「這樣啊。」

被那冰冷的斜眼一瞪，我立刻開始對自己的發言感到後悔。

「請、請等一下喔！我的書帶來的影響很輕微！也有好好地在不牴觸出版社規範的範圍內撰寫！還有！——也、也不會立刻就有影響！」

如果被妖精她們聽到的話，想必會「唉～～」的嘆口氣吧，這段辯解就是如此沒出息。

「我對正宗你的詢問就到此為止。」

「是，所以……結果是？」

對於我的詢問，京香姑姑一邊平淡地收拾文件一邊很乾脆地說：

「合格了。」

「咦？」

這出乎預料的回答，讓我嚇呆了。

京香姑姑把《世界上最可愛的妹妹》的封面拿給我看。

「雖然我自己還沒閱讀……但是早就已經確認過這並非是會讓你不合格的不健全小說了。會直接詢問你，只是要以防萬一而已。」

「……是。」

為了以防萬一，我就得接受那種拷問啊……

京香姑姑把報告書闔上同時把書收起來，接著再度面向我。

「我出給你的『定期測驗』──沒有問題，全都合格了。」

「正宗的部分是這樣。」

「咦？」

我的部分？

「這是……什麼意思……」

對於我的疑問，京香姑姑她……緩緩抬頭看向天花板。

「接下來開始進行紗霧的『測驗』吧。」

「──什……」

我一瞬間說不出話來。

「接、接受『定期測驗』的人不是就只有我……」

「上次是這樣沒錯，可是這次紗霧也必須接受測驗。我跟她本人也是這麼約好的。」

「！」

這麼說起來……紗霧好像有說過她跟京香姑姑也有定下什麼約定！

是有講過沒錯！但沒想到！怎麼會是這樣！

「既然是給你們兄妹的測驗，只有哥哥合格就好也很奇怪吧。而且──去年我應該也有跟你講過了。」

──**「改善」紗霧的現狀。**

「如果真的有改善的話，應該沒問題吧。來，讓我看看紗霧回歸社會的模樣吧。」

實錄 和泉京香的職業調查

關於「輕小說作家」這個職業，因為有機會跟正宗的同行談話，於是試著進行調查。

調查對象：草薙龍輝
性別：男性　年齡不詳（二十五歲左右？）
住址：東京都新宿區　同居人一名
代表作：《Pure Love》

──你是輕小說作家嗎？
我真的馬上就回去！這傢伙我也會帶他回去！對不起！真的很抱歉！

──回去之前，請你協助我的調查。
咦……？
※雖然說服他需要花上大約兩分鐘的時間，但毫無滯礙地獲得對方協助。

──感謝你的協助。那麼，第一個問題。為什麼你會想要成為輕小說作家呢？
……是為什麼呢…？

──我想老實回答會對你比較好喔。
和泉，你姊姊真的好可怕。她的眼神是認真的啊。

──姊姊？我看起來像是姊姊嗎？
我說錯了嗎？

──沒有。所以呢？
我之所以成為輕小說作家……是覺得這種賺錢方式好像很簡單。
還有就是感覺比較輕鬆？之前的工作變得很麻煩，於是我就辭職暫時當個無業遊民……但是等到弟弟開始工作以後，父母跟親戚的壓力就變得非常強烈。之後雖然發生很多事情，但總之就是開始寫書然後出書這樣。

──真是老實的回答，這讓我獲得許多參考。
喔。

──筆名的由來是？
是用我的本名流輝……還有姓氏有種三神器的感覺，所以草薙就是從這邊來的。

──成為輕小說作家後，覺得最好的事情是什麼？
錢。金錢就是一切。

──成為輕小說作家後，覺得「這實在很辛苦」的事情是什麼？
偽裝成我書迷的假粉絲，都去給我痛苦地死一死吧。

──請簡單告訴我，你撰寫的是哪種作品。
清純的戀愛小說。

──你說什麼？
我說我寫的是清純的戀愛小說……

──（看著充滿酒臭味的浮誇打扮）老實回答會對你比較好喔。
我才沒說謊！真是個沒禮貌的傢伙！

──那麼，請問……撰寫那種清純的戀愛小說時，最該重視的是什麼呢？
就是撰寫「夢想」吧。
雖然根本不可能發生，可是要把如果能這樣就好的事情寫得像現實中真實發生過的事情。然後跟我有相同想法的人閱讀後就會覺得超有趣。接著如果出現很多覺得超有趣的人就能大賣跟動畫化。於是我就能大賺一筆，OK？

──你覺得輕小說作家是份好工作嗎？
不覺得。

──你講得很直截了當呢，這是為什麼呢？
看到我現在這德性，會覺得是個在從事好工作的人嗎？志願成為輕小說作家的年輕人，等到夢想實現後變成這副德性真的好嗎？我真想跟他們這麼說。輕小說已經退流行了！接下來是輕文藝的時代啦！

──原來如此。那麼，為何你還繼續從事這份覺得不好的工作呢？
因為已經無法挽回了。
事到如今也沒辦法回頭。
而且我也沒有其他技能。
再加上還有讀者在等待新作。

──感謝你這些值得參考的意見，請你回去吧。
再見啦。下次等妳不在的時候，我會再來玩的。

情色漫畫老師
ero manga sensei
第四章

我慌忙叫住正把手擺在客廳門上，打算前往「不敞開房間」的姑姑。

「請等一下！就算要進行紗霧的測驗，也不可能現在就開始啊！」

結果她就這樣握著門把轉過頭來。

「為什麼？只是稍微看一下那孩子回歸社會的模樣而已啊。」

京香姑姑所說的「回歸社會」這個詞，具體上到底代表什麼還不知道。

可是，我很清楚如果紗霧沒辦法走出房間就一切免談。

現在的紗霧還辦不到。紗霧的家裡蹲，不是那麼輕微的症狀。

「妳說跟紗霧她……有定下約定是嗎？」

「對，在一年後的『定期測驗』時，要讓我看到她回歸社會的模樣……」

「真的嗎？一年前她真的有說這些嗎？」

我的妹妹會說出「要回歸社會」這種話？這讓我強烈地感到疑惑。

「嚴格來說，是在去年六月講的。我隔著房門，獲得她的承諾，不會有錯，如果懷疑的話請你去詢問她本人。」

六月，我們的夢想——正好就是從那時候開始的。

「……反正一定是妳引誘她答應的吧。」

「這就隨你想像了。」

京香姑姑像是要隱藏自己的行為般大大張開雙手。

我很清楚不能讓這個人前往二樓，也很清楚不能讓她跟紗霧見面。可是……該怎麼辦。要怎麼讓這個人接受？要怎麼突破這個困境？

我拚命思考後——

「妳、妳們是在去年六月定下『一年後』的約定吧？那這樣——約定的日期應該是今年六月才對！至少也請妳等到六月！」

「…………」

京香姑姑凶狠地瞪著我。

「唔……」

這是從年幼時期開始，每次看到我時——都會露出的那個眼神。

我壓抑住恐懼，開口說：

「就算妳說想要看紗霧回歸社會的模樣，也需要時間準備吧……而且她也需要接受測驗這件事，我還是第一次聽說。明明是整個家庭的問題，卻只有我一個人不知情——這也太過分了吧。」

「——整個家庭的問題……是嗎？」

「對、對啊！明明是我們家庭的問題，卻沒跟我商量就決定——這樣子是不行的！」

雖然知道自己並不是用理論來說服她。但我還是變得激動起來，並且說：

「京香姑姑，拜託妳！請妳再稍微等一下！」

「嗯，好啊。」

「咦？」

因為立刻她回答ＯＫ，讓提出要求的我不停地眨眼睛。

結果京香姑姑先是好像驚覺一般，接著輕咳一聲。

「……我說可以，沒問題。如果需要準備的話，那我就等。」

「非、非常感謝妳！」

……為什麼會這麼乾脆就答應了呢？本來還想說她絕對不可能答應的。

「只不過……我沒辦法等到六月，那樣子紗霧都要變成二年級生了。」

這是要我在那之前讓紗霧「回歸社會」的意思吧？聽起來像是這樣吧？

這麼說來，京香姑姑講的「社會回歸」——

難道是指「讓紗霧去學校」嗎！

等一下！騙人的吧！不管怎麼說這門檻也太高了！

我家的妹妹別說走出家門了，就連房間都幾乎不太出來耶！

我察覺到京香姑姑的意圖而開始動搖，她則是對我伸起一根手指。

「紗霧的『測驗』就定在四月一日。我沒辦法再等更久了——知道了嗎？」

「……好、好的。」

「很好。」

京香姑姑就這樣走向玄關，穿上鞋子。

「對了……關於你著作裡『兄妹談戀愛』這個設定……」

京香姑姑轉動玄關的門把，將門打開。

「我覺得很噁心。」

「因為我也是『妹妹』。」

留下如此嚴苛的一句話後，京香姑姑就離開了。

然後……到了現在。

我緩緩走上樓梯，前往「不敞開的房間」。

我必須把跟京香姑姑交談的內容告訴紗霧。

我們必須討論一下，思考該如何解決。

「……紗霧那傢伙還好吧？」

京香姑姑光是待在家裡，就會給紗霧造成很大的負擔。

雖然是那個人自己講的，不過這是事實。

我非常擔心。

「…………………………」

抵達「不敞開的房間」後，先深呼吸一下。當我準備好，正要敲門的時候——

伴隨著嘎吱般的聲音響起，門先打開了。

不過不管等多久，紗霧本人都沒有出來。

「紗、紗霧？」

我覺得很奇怪就往房間裡頭窺探，結果看到紗霧人在床上，採用把棉被從頭頂整個蓋住的完全防禦姿態，再拿著長長的曬衣干把房門推開。

「……妳在幹嘛啊？」

我找不出其他話可說。妹妹雖然常有些奇異行為，但這次更加搞不懂這是什麼意思。

「……唔……因為……」

紗霧從棉被裡頭微微探出頭，戰戰兢兢地注視著我。

她一副受到驚嚇的模樣，小小聲地開始講藉口。

「如果自己去開門……然後京香大人出現在眼前的話……我會因為心臟麻痺死掉的。」

居然稱呼姑姑京香大人！

是有怕到這種地步喔，看來「那個事件」造成她不小的心理創傷。

妹妹躲在被窩裡發抖的模樣，雖然有如小動物般惹人憐愛。但是對於知道京香姑姑與紗霧之間所發生事件的我們兄妹而言，這是完全笑不出來的狀況。

妹妹哭喊到失去理智的聲音——

我已經再也不想聽見了。我走進房間關上房門，然後盡可能用溫柔的聲音說：

「妳果然有發現京香姑姑來到家裡吧。」

「嗯。」

「有聽見我們說些什麼嗎？」

「…………」

紗霧搖搖頭。不過照常理來想，在一樓的對話是不可能被位在二樓的紗霧聽見。

……但是以前卻發生過我跟惠還有妖精的對話內容，紗霧不知為何能夠得知的情況。

那到底是怎麼一回事呢？

算了，現在不是想那種事的時候。

「那個啊，紗霧……剛才京香姑姑過來……」

「……是講關於我『測驗』的事情吧？」

「！」

她、她果然能聽見一樓的對話嗎？

也許是察覺到我內心想法，紗霧再度搖搖頭。

「……只是覺得大概是這件事情而已。」

「是、是嗎……」

紗霧有如蠕動的毛毛蟲般爬出棉被。

她的睡衣前面有好幾顆鈕釦沒有扣好。

這、這傢伙真是的……！偶、偶爾會穿成這種讓人眼睛不知道看那邊才好的裝扮……！

我慌忙移開視線。但是紗霧沒有注意到哥哥的態度，繼續「嘿咻，嘿咻」地脫皮，最後在床邊輕輕坐下。

「……定下約定是去年六月的事情……說是要給那個人……看到我『回歸社會』的……模樣。」

「…………………」

這下子……我也從紗霧口中獲得證實了。

可是——

「說什麼『回歸社會』……妳喔……真的明白這個約定的意義嗎？」

還有把前面的鈕釦扣上啦！這會讓我在意到不行啊！

紗霧疑惑地露出感到不可思議的表情。

「哥哥不……希望我能回歸社會嗎？」

「不是！我當然希望有一天妳能回歸社會！但是再怎麼說現在都不可能辦到吧！妳可是紗霧耶！這可是要讓無畏級的家裡蹲和泉紗霧回歸社會耶！」

「唔……你也不用講到這種地步。」

我對嘟起嘴巴的紗霧搖搖頭。

「我還覺得自己講得不夠明白。雖然總算是拜託京香姑姑把測驗的日期延到四月去……喂，紗霧？」

我講到一半忍不住叫她的名字。因為……

「什麼啦，幹嘛……露出那種充滿自信的無畏笑容……」

「呵呼呼……你以為我從以前到現在都沒做過準備嗎？」

紗霧自以為是地挺起那好像快要穿幫又沒有穿幫的胸膛。

「哥哥……就讓你見識一下……我的『回歸社會』吧。」

「妳、妳說什麼？」

看到我驚訝的表情，紗霧滿意地站起來。這時候，她才突然發現自己前面鈕釦沒有扣上的不雅模樣。

「色……色狼！」

「抱、抱歉！」

我慌忙地向後轉。

「不敞開的房間裡」充滿尷尬的沉默。

話題完全被打斷了。

當我忐忑不安地搖動身體時，妹妹那幾乎聽不見的聲音從背後傳來。

「……已經，可以看這邊了。」

「喔、喔。」

重新轉頭看過去，紗霧已經把睡衣的前方鈕釦都好好扣上。

「…………」

「…………」

接著有幾秒鐘的沉默，而紗霧像是要重振精神般開口說：

「那個……我們講到哪邊了？」

「就是說，妳要給我看看『回歸社會』之類的。」

「啊……是這樣沒錯。」

「哥哥，我……現在就去學校一趟。」

「……………………………啥啊？」

我一時之間無法理解她在講些什麼。

「什麼？咦？妳說什麼？」

「你沒聽見嗎？那我再說一次喔。」

紗霧照自己說的，緩緩重新講一遍。

「我現在……就去學校一趟。」

「──────」

還以為自己的下巴關節要脫臼了。我猛然張大嘴巴，陷入呆愣的狀態。

「紗、紗霧！妳說……要去學校……」

「只要我去學校的話，應該就算是『回歸社會』了……不對嗎？」

「是、是這樣沒錯！」

終、終於……

「紗霧，妳終於鼓起幹勁了！我一直都相信妳能辦到喔！」

「咿呀！」

我大聲地衝過去，讓紗霧嚇了一跳。

「嚇、嚇我一跳。」

「抱、抱歉，忍不住就……」

不過只要有一次，或是有一天紗霧能夠去學校的話──京香姑姑的「定期測驗」就可以順利合格了。

也應該能夠讓那個人心服口服才對！

更不用說，親眼目睹紗霧去學校的模樣……也是我的一大目標。

「……那個……我太高興了，就……」

「哼、哼！」

紗霧把視線從我身上移開，同時變得滿臉通紅。

「好狡猾……你這樣講的話……人家就沒辦法生氣了。」

「是啊，沒關係，要說我狡猾也無所謂。因為妳都肯提起幹勁了。可、可是，妳連房間都還不不不太能走出來——」

內心的疑問從我口中衝出來。

結果紗霧很得意地搖搖手指。

這傢伙的動作真的都很可愛。

「別多問了，仔細看好我去學校的模樣吧。」

「喔、喔……」

紗霧慢慢打開電腦的瀏覽器。

她開啟的是某地圖搜尋服務。足立區一丁目——就是我家的位置，同時和泉家門口的風景特寫也出現在螢幕上。

「很好，我出門了！」

紗霧鼓起氣勢，開始點擊滑鼠左鍵。

咔嚓、咔嚓、咔嚓、咔嚓咔嚓。每次點擊，風景就稍微前進一些——朝著紗霧應該去上課的學校方向前進。

「妳、妳難道……是、是要……」

不會吧……再、再怎麼說……也不會是「那招」吧？應該是我誤會了吧？

當我內心充滿各種不安時，眼前的紗霧繼續臉色發青地點擊滑鼠。

每次點下後，電腦畫面就沿著國道四號衝刺。

「哈啊……哈啊……呼……唔……再一下子……」

就算已經從妹妹拚命的模樣微微察覺到結果，但我也實在沒辦法插嘴。

然後紗霧終於抵達學校了——在網路裡頭！

「抵達。怎麼樣，哥哥……我辦到嘍。」

「這不是街景服務嗎！」

唰啪！

我在完美的時機點開口吐嘈。

「妳喔……說什麼『我要去學校』……結果只是用街景服務而已啊！不要露出一臉成就大事的表情啦！」

「可是！」

紗霧用雙手按住受到吐嘈而被打的頭，並且嘟起臉頰。

「這是我現在使盡全力的極限了啊。」

「唔……」

「我很努力了。」

「是、是沒錯啦……」

我發出很困擾的聲音。

沒錯，雖然我忍不住吐嘈——但這可沒有在開玩笑，紗霧現在的極限就是這樣。她也不是在耍寶——而是認真將現在的極限表現給我看而已。

「抱歉啦。」

我老實地道歉。

「可是，該怎麼辦呢？我不認為這樣就能讓惡鬼京香姑姑接受耶。」

「……這樣子，不行嗎？」

紗霧垂頭喪氣地詢問，這讓我內心感到一陣疼痛。但是即使如此，也不能夠只說些安慰她的話。

「是啊，不行。得用更加……簡單易懂的方式，讓她看見紗霧已經『回歸社會』才行，不然那個人的測驗是不可能合格的吧。」

「是嗎……果然……」

紗霧哀傷地低下頭。

「六月時……跟那個人……定下約定……之後我就有慢慢……練習走到外頭……可是來不及。」

「……妳……」

練習外出。

以前紗霧曾經來到玄關迎接我。

那次是為了慶祝才練習的……

「並不是只有那次而已嗎？」

紗霧一直都有在練習外出。

這是為了通過京香姑姑的測驗。

「……嗯。」

「再說……為什麼紗霧會跟京香姑姑定下『回歸社會』這種約定呢？只有一年根本不可能辦到，妳自己應該是最清楚的吧？」

「因為……我也覺得……」

「我也覺得？」

「……在一起……會比較好。」

「妳說什麼？」

完全聽不清楚。

就連已經習慣妹妹小聲講話的我，也覺得這音量實在太小了。

「可以再說一次嗎？」

我重新詢問後，紗霧有幾秒鐘變得支支吾吾……然後才抬起頭來說：

「我不是哥哥的累贅。」

「！有誰對妳這麼說嗎？是京香姑姑嗎？」

紗霧用力搖搖頭。然後結結巴巴地，好幾次語塞後才說：

「這、這是我們的問題……必須要兩個人都受到認同才可以……不可以只有我什麼都不做……那個……所以……」

「我也會努力，我想……好好努力。」

這跟她剛才說的話，或許不是完全相同。

即使如此，這次有好好講出來，傳達給我知道。

「是嗎，我知道了。那就——加油吧。」

「嗯，我會加油。」

我們的臉上終於浮現微笑。但只持續短暫瞬間後，紗霧的表情又變得陰沉。

「可是……該怎麼辦。我的……測驗……回歸社會……」

「幸好到四月一日為止還有十天，來想些辦法吧。」

雖然我對紗霧這麼說——但實際上應該說只剩十天才對。

居然要讓超級家裡蹲少女紗霧回歸社會……

花上一年都辦不到的事情，十天內根本不可能達成。

回歸社會……回歸社會啊。

再說是以什麼為標準來判斷回歸社會呢？這邊只能由京香姑姑來斟酌，所以才可怕。

不管紗霧達成了什麼，如果無法讓那個人接受就無法合格。

反過來說，只要能讓那個人接受的話——……

「唔嗯——」

「唔嗯——」

沒想到我跟紗霧兄妹兩人都一起擺出手在胸前交叉的相同姿勢，然後不停沉吟著。

就在這時候。

叮咚，電鈴聲響起——

「小和泉～～！出～～來～～玩～～吧♪」

接著就聽到惠在呼喚紗霧的聲音。

幾分鐘後——

「小和泉『回歸社會』？兩位的監護人……是叫京香小姐嗎？那位姑姑跑來？然後說要進行測驗？喔～～……原來如此原來如此。」

我將我們兄妹面臨的「煩惱」坦率地對惠說出來。

這裡是我們家二樓，靠近「不敞開房間」的走廊。惠用有點帥氣的姿勢靠著走廊的牆壁，而窩在房間裡的紗霧應該也能聽見我們的對話。

惠聽我說完一連串經過後，她豎起一根手指。

「總覺得這好像Super Dash文庫的《聽爸！》（註：Super Dash文庫《要聽爸爸的話！》的略稱「叔叔」即是主角「瀨川佑太」）的劇情呢。」

「雖然我充分理解這是身為高貴現充的惠大人特地為了我們而使用輕小說來當成比喻……但您該不會是打算說京香姑姑就是女性版的『叔叔』角色吧？」

「那當然，我就是打算這麼說喔。」

「快住手。《聽爸！》的叔叔才沒有那麼恐怖。」

也比較一下其他各種情況，就知道這根本不是合適的比喻吧。跟我們家的狀況差太多了。

「然後哥哥就像是小空這角色。」

「不要再說了啦！」

妳是讀到第幾集才講這種話的！

「耶嘿嘿。」

惠吐出舌頭，面露惡作劇般的笑容。

「因為今天的哥哥都話中帶刺地講著姑姑的事情，總覺得好像輕小說的女主角。呵呵，會不會有一天也開始嬌羞起來呢～？我的直覺可是意外地很準喔。」

「不要幫我立奇怪的旗！這可不是開玩笑的，所以快住手！」

「——不過，先不說這種玩笑話。小和泉的『回歸社會』跟我也不是完全無關，所以請你講得更詳細點吧。」

「…………」

說起來，講到為什麼會把我們兄妹的重要事項坦白告訴惠的話——

是為什麼呢？我也搞不太懂。跟惠在玄關交談時，一開始明明還有「今天來得不是時候，請她回去吧」這種想法。但不知不覺間——

她進到我們家裡，還走上通往二樓的樓梯……

然後不知為何，就變成我坦率向她說出煩惱的情況。

真不可思議，這就是現充女王惠的特殊技能吧。

到這個時候我才終於驚覺……

「……啊，為什麼我會把這麼重大的事情，跟嘴巴看起來很不牢靠的妳說呢？」

然後向她本人詢問，結果身穿制服的惠……

「啊～～真失禮。如果是不能說的事情，我就不會說出去啦。」

立刻嘟起嘴巴。

接著關於「為什麼我會對妳坦率說出煩惱」這個問題，她很乾脆地回答：

「那當然是因為我們是朋友嘛。」

「——」

由於她講得太直接，讓我不停地眨眼。

「我會仔細聽的。當然，如果不希望我說出去，我也不會跟任何人講。」

惠把指頭抵在嘴唇上擺出保密的動作。

「如果有我能辦到事情，我也會盡力幫忙。」

「是嗎……謝謝妳。」

「是的！」

這樣啊……我好像也在不知不覺間變成惠的朋友了。

並不是只有惠單方面認為我是朋友——似乎連我自己都這麼覺得了，只是沒有察覺到而已。

啊，這樣說也沒錯——朋友就是像這樣的存在啊。

糟糕，總覺得有點害羞。

「呃……那就……可以……重新……」

跟妳討論嗎——正當我想這麼開口時。

咚！一道巨大聲響，打斷我正要說的話。

接著傳來嘎吱……的開門聲。

「！」

我驚訝地回過頭看。

「……妳……」

站在那邊的，是原本面貌的紗霧。

她沒有戴上隱藏臉孔的面具——從房間踏出一步，露出拚命忍耐的表情站著。

「為什麼——」

對紗霧來說，在「房間裡頭」與「走出房間一步」是完全不同的。以前也曾經光走出一步，就已經是她的極限了。

可是，為何，為什麼——這混亂到讓我幾乎昏頭轉向。

我講得一塌糊塗的問題，紗霧臉色發青地……

「那個……就是……因為我……也、也是朋友。」

這麼回答我。

「所以……我要自己說出口。」

光是這個行動，我就想給妹妹「合格」的評價。

雖說稍微沒有隔閡了，但是惠對紗霧而言依舊還是很不擅長應付的類型。跟初次見面那時比起來……跟才剛變成家裡蹲的時候比起來……

紗霧已經改變許多了。

這一點，無論如何都必須想辦法傳達給京香姑姑了解。

也必須獲得她的認同才行。

「那個…………小惠。」

「……什麼事？小和泉。」

「我有件事想要找小惠商量。」

「嗯，嗯！」

惠興奮到緊握住雙拳。

「但是……在那之前……」

「？在那之前？」

「有件事情……我……一直都在對小惠保密。」

「！」

惠眨眨眼並瞪大眼睛，想必是因為紗霧的發言跟她預料的不同吧。

我原本也以為，紗霧是要自己親口把「定期測驗」的事情告訴惠。也認為只是為了這件事而已……

「紗霧，難道妳……」

「……嗯。」

紗霧點點頭。

「小惠的話……沒問題。」

她像是要讓我放心般看著我，接著又重新面向惠。往前踏出一步。

「在商量之前……妳願意聽我的祕密嗎？」

「……這是很重要的事情，對不對？」

「嗯……是非常重要的祕密。如果被大家知道的話，我就完蛋了……如果不是很親密的朋友……是不能說出來的。」

「……這樣啊。」

惠暫時有如窺探般地注視著紗霧的眼睛，不久後像是下定了決心……

啪！她用雙手拍打自己的臉頰。

「好！我做好心理準備了！小和泉！隨時放馬過來吧！」

她擺出滑稽的戰鬥姿勢並露出笑容。

紗霧也展現輕柔的微笑。

「那、那我就說嘍。」

「喔、喔。」

惠帶著緊張的表情嚥下口水。

「我、我……我是……」

紗霧也滿臉通紅又吞吞吐吐地說著。

她緊閉眼睛變成><的形狀，然後奮力開口說：

「我就是情色漫畫老師！」

「嗯，我知道。」

幾分鐘後——

「……噗唔。」

「哎喲~~小和泉，妳也差不多別再生氣了嘛。」

「……哼……我不想理小惠。」

「妳也不用那麼生氣嘛~~？都有那麼多提示了，就算不是我也會讓人有『感覺應該就是這樣吧』的感覺呀~~喂喂~~情色漫畫老師~~」

「人家不認識叫那種名字的人啦！」

二樓的走廊上有著當場用雙手抱膝的坐姿坐著的紗霧，以及邊安慰她又感到很有趣的惠。

我們兄妹拚命隱藏的「妹妹的祕密」，根本不需要自己說出來就已經被惠發現。她似乎在當繪畫模特兒時就有「難道說」的感覺——到了聖誕節時幾乎已經確定是這樣了。

對紗霧而言，這實在一點都不有趣吧。明明鼓起勇氣講出來了，感覺卻跟白費力氣沒有兩樣。

「不過，這樣也不錯啊。就算知道紗霧的真實身分，惠的態度也還是一樣完全沒有任何改變嘛。」

「哼呵！那當然，我才不會因為這樣的祕密就討厭起自己的朋友喔！」

惠把手扠在腰際，並挺起胸膛。

紗霧用怨恨的眼神瞄了惠一眼。

「……就算我會畫些色色的圖也喜歡？」

「啊，這個我去年四月就知道了。」

「因為是我說出來的。」

「……………………………………」

紗霧嘟起嘴唇，露出難以形容的表情。接著低聲說：

「……我應該更早說出來的。」

「是啊。」

這麼一來，必須對朋友保密的時間也不用拖那麼久了。

「……小惠妳也是啊……有發現的話……直接說出來就……」

「我才不會說，因為妳想保密吧。而且啊…………」

惠很不好意思地小聲說：

「讓小和泉親口說出來，我會比較高興嘛。」

「…………………………是、是喔。」

啊，害羞了，在害羞了。

「真、真是的……那個……就是……那、那就重新開始商量！」

紗霧像是矇混般把話題轉回來。

然後就把剛才跟我進行的相同「商量」告訴惠。

她自己親口慢慢說出，好幾次都講到語塞。

惠聽完朋友找她商量的事情後，默默以認真的表情思考。接著她看著紗霧的眼睛說：

「小和泉……這是……無論如何都絕對要達成的事情……對不對？」

「嗯。這是不管多麼辛苦……都必須達成的事情。」

「……是嗎，這樣的話……」

「惠，妳有什麼適合的計畫嗎？」

我這麼一問，惠默默地點頭。

「喔……」

「……真、真的嗎？」

我跟紗霧都對惠投以期待的眼神。

「真的，可以請你們兩位把耳朵靠過來一下嗎？」

惠擺動手指把我們叫過去。

我跟紗霧略帶疑惑地靠過去，於是惠在我們耳邊小聲地說：

「就是啊——如此如此這般這般。」

「——這樣子如何呢？」

「「！」」

我們兄妹倆一起瞪大眼睛。

「惠，不是啦……不管怎麼說這都不可能吧！太亂來了！只剩十天而已喔！不可能來得及……！」

「也許吧。」

「那這樣！」

「但是我想如果希望獲得別人認同，結果還是要從自己開始行動才行。」

「——————」

「是叫京香小姐……對嗎？她是個很嚴格的人吧？必須讓這樣的人承認小和泉的『回歸社會』才行對不對？這樣子終究還是需要讓她見識到小和泉本人努力的模樣才行。我認為應該沒有所謂簡單的方法。」

「………………………」

惠講出來的，是個會對紗霧造成強烈負擔的提案。

平常的話我會毫不猶豫地否決……但是惠說的也有道理。

這是紗霧的測驗。

不過……可是……

我懊惱地緊咬嘴唇。

——果然還是改用別的方式吧。

就在我要講出這句話之前。

「……試試看吧。」

紗霧這麼說著。雖然很小聲，但卻能感受到強烈的意志。

「雖、雖然沒有自信…………但我會盡全力……試著努力看看。」

「就是要這樣才行！」

「紗霧——真的要這麼做嗎？」

「……嗯！」

「……我明白了，但不要勉強自己喔。」

既然紗霧這麼有幹勁，身為哥哥也只能全力為她加油打氣而已了。

於是——

轉眼間就來到約定好的日子。

四月一日，春假已經所剩無幾——也是升上新年級的季節。

我成為高中二年級生，紗霧則升上國中二年級。

名義上是這樣沒錯，這點我非得如此註釋才行。

好啦，這十天裡頭，紗霧所做的事情大致上分為兩種。

這兩種是什麼，接下來立刻就會揭曉了。

現在是上午十點，場景是和泉家的玄關。

玄關大門在我眼前緩緩打開……

接著京香姑姑出現了。

「午安，正宗。來，開始進行紗霧的『測驗』吧。」

整齊筆挺的套裝打扮，讓她那冰冷的形象更加強烈。

「好的。」我用緊張的聲音回答。

「哎呀？這些鞋子……現在有客人嗎？」

看到擺在玄關的幾雙鞋子，京香姑姑感到疑惑地歪著頭。

「嗯……不過，現在請妳先不用在意。」

「哦……」

京香姑姑抬起頭，再度瞪著我。

「然後呢？紗霧『回歸社會』的情況，接下來就要表現給我看了嗎？」

「是的，請妳在這裡看著。接下來，紗霧將會展現這一年來努力練習的成果。」

「在『這裡』……是嗎？」

京香姑姑會感到納悶也是當然的。只要家裡有其他人在，紗霧就無法從房間裡走出來——但是……

這時我在樓梯邊對上面大聲喊：

「紗霧！可以嘍！——開始吧！」

「正宗……？」

京香姑姑感到困惑。

……實際上，我也不知道接下來會怎麼樣。

當然，我知道紗霧接下來要做什麼，但是能不能成功或是平安無事地結束……這就不曉得了。

我迅速用指尖比向樓上。

「請仔細看好……這就是紗霧的『回歸社會』。」

「————」

在僵硬的京香姑姑面前，「那件事」緩緩進行著。

平淡無奇的玄關裡，瀰漫著嚴肅的氣氛。

咚……咚……短暫又細微的聲音響起。

——紗霧，讓她見識一下妳的努力吧。

走下樓梯的人，是紗霧。跟以前出來迎接我的時候一樣——不，她的臉色比當時更加慘白。

然後一步接著一步，手腳跟肩膀還不停發抖地……走下來。

而且——

「……紗霧……妳的…………打扮。」

京香姑姑呆愣地低聲說著。即使我事先就知道「她感到驚訝的理由」，也還是緊張地嚥下口水。

「………………」

今天的紗霧，身上穿著國中的制服。

那是跟惠相同的水手服，手上拿著全新的書包。

本來她應該要每天穿著這身衣服去學校念書學習還有跟朋友玩——紗霧，原本會過著像這樣的每一天吧。啊，不對。好像有說過其實她以前就不太喜歡去學校是嗎？不過，即使如此也不是完全不去吧，再加上有愛管閒事的惠幫忙，應該會過著很愉快的學校生活才對。

如果老爸跟媽媽現在還活著的話。

那樣子我們就會建立起跟現在完全不同的關係……我是這麼認為的。

說不定會成為一對更加正常的兄妹。

妹妹穿著制服的身影——

讓我忍不住想像起這種「或許可能存在的故事」。

「……唔。」

強烈的感傷折磨著我，不知道京香姑姑是用什麼表情看著這副情景？即使這麼想，我的視線還是無法從紗霧身上離開。

「……呼……呼……哈啊……」

到底過了多久的時間呢……紗霧終於走下階梯。

從「不敞開的房間」到玄關這裡只有短短幾公尺。光是這樣的距離似乎就讓她耗盡體力，不但氣喘吁吁，肩膀也不停上下起伏著。臉色一片慘白，還好像得了感冒般發抖。

紗霧擠出剩餘的力氣又往前走兩步。

來到京香姑姑的面前。

妹妹抬起頭，表情痙攣地鞠躬。

「午……午、午安……！」

這個打招呼慘烈到如果是面試就會直接被淘汰。

但我很清楚，這對紗霧而言是用盡全力的表現。

但是對京香姑姑來說……又是如何呢？完全無法得知。

「……午安……真令我驚訝。紗霧……看來……妳已經能夠走到房間外頭了呢。」

我無法從那冷漠的表情上窺探出結果。

「只、只是……一下子的話。」

此時我開始代替因為京香姑姑所發出的壓力，而有點呼吸困難的妹妹解說。

「紗霧一直都在練習這個。」

這十天裡頭的內容，幾乎可說是特訓也不為過。

只要有其他人在就無法離開房間的紗霧，在我眼前努力奮鬥的模樣。這副光景讓看的人都會感到難受。

「……雖然只能短時間……但是她終於可以走出房間來到這裡。」

「…………………………………………」

京香姑姑暫時沉默不語。她就像在壓抑憤怒般，一臉嚴肅地緊閉著嘴巴，好像在思索什麼事情一樣。

紗霧現在也像是快要昏倒一樣，但她依舊注視著京香姑姑。

然後……身為測驗官的京香姑姑開口。

「然後呢？」

說出了這句話。

「…………唔！」

——還不到合格標準。

——請繼續。

就是這種意思吧。

雖然是預料中的發展，但是連我都開始生氣了。一時之間我把她領養我們的恩情忘掉，正打算就這樣憤怒地開口時——

「哥哥。」

妹妹的聲音阻止了我。

「我還沒……全部……展現出來。」

紗霧至今所做的練習還有努力的成果，還沒有全部展現出來。

「那個……京香……姑姑……這是……我……現在的極限。」

沒錯，這裡——到玄關為止，是紗霧現在的極限。她沒辦法走到外頭。

京香姑姑無言地點點頭。

「……那麼，結束了嗎？」

跟預料中一樣毫無憐憫心的一句話。

紗霧把手抵在胸口，調整呼吸後搖搖頭。

「雖然沒辦法……走到外頭……」

「但是接下來……我要去學校。」

她講出不管怎麼聽都是完全矛盾的話來，然後用力握緊雙手的拳頭。

當然，京香姑姑的頭上也冒出巨大的問號。

「雖然沒辦法走到外頭……但是接下來要去學校？這、這到底是……？」

如果我不是當事人，「冰之女王」混亂的模樣還真是值得一看。

「正、正宗！我無法理解紗霧所說的話！請你解說一下！」

「現在紗霧她正打算把這一年來努力的成果，全部展現給京香姑姑看。」

「是的，這我知道——就是指紗霧『要去學校』這件事。可是……」

加上「無法走到外頭」這點的時候，就讓人完全搞不懂。

再說現在還是春假，學校也沒有開放。

「就跟我們說的一樣，紗霧接下來將在不走出家門的情況下，前往學校。」

我對紗霧使個眼色。接著把紗霧留在原地，然後轉過身。

「接下來就會讓妳看見。所以京香姑姑，請妳跟我來。」

「正、正宗？客廳裡有什麼東西嗎……？」

我催促完全無法理解狀況的京香姑姑，帶她到客廳門口。接著把門打開，並請她進去。

客廳的模樣在我跟京香姑姑面前清楚展現。

「——這是……」

「這裡就是紗霧初次上學的——國中教室。」

我家客廳的裝潢突然改變。

平常使用的家具全都移到別的房間去。

取而代之的是學校的桌椅，連講台都有。

黑板的話，就只能用附有輪子的移動黑板。

然後還有就坐的學生們。

「…………………」

京香姑姑呆滯地環視客廳——不，是環視教室。要說明位置關係的話，我跟京香姑姑現在剛好從教室左後方的門走進去。

沒錯，就是教學參觀時監護人們所站的位置。

「京香姑姑請妳站在那邊觀看。」

「正宗……這是怎麼回事……你在跟我開玩笑嗎？」

京香姑姑已經從動搖中恢復，變回平常的模樣。雖然真的很恐怖，但是看到紗霧努力的樣子，我也不能只顧著害怕。

「我沒有在開玩笑。」

我是很認真地回答。

沒錯，惠在十天前所講的提案就是這個。

①走到房間外頭，努力試看看極限能夠走到哪邊。
②走到極限之後，就在那邊跟大家一起上課。

第一項是會給紗霧帶來極大負擔的正面迎擊，第二項則實在是場鬧劇。

我一開始也這麼想，但是……這樣就好。

畢竟終究是沒有任何簡單的方法存在，只能拚命去做能辦到的事情。

「還請妳看到最後。」

我說聲拜託妳了後，就低頭鞠躬。

結果京香姑姑她稍微默默思考一陣子後……嘆了口氣。

「好吧。」

「非常感謝妳。」

我往講台移動，輕咳一聲後說：

「那麼，開始進行班會。」

我們在仿造成教室的客廳裡，開始進行班會。

我環視教室，然後重新看著位於正面的京香姑姑說：

「首先就請在這裡的學生們進行自我介紹。」

「是！那就從我開始！」

惠很有精神地舉起手。她直接站起來轉了一圈，朝京香姑姑的方向行個禮。

「我是一年一班的神野惠！是小和泉的同班同學！在班上擔任班長！——初次見面妳好！」

「……妳好。」

京香姑姑似乎對這開朗的打招呼感到不知所措，但還是這麼回應。

「實不相瞞，這個『班會』就是我想出來的點子喔！這是上個月小和泉找我商量的成果！」

「……商量？那孩子？她自己……找妳商量？」

「是的，就是這樣沒錯！」

「…………………………………………………………」

聽到惠的回答後，京香姑姑露出嚴肅的表情陷入沉默。

那是能威震一切所見之物的冰霜眼神，就連惠也稍微感到畏懼。

「那、那個……我可以繼續說下去了嗎？」

「……請。」

惠先閉起眼睛幾秒鐘再睜開，這時她看起來已經沒有任何動搖。

「我跟小和泉第一次見面，是在去年的四月。」

很不可思議地，她的聲音有著讓人自然會想傾聽的魅力。

「一開始是想讓小和泉到學校來，才會造訪這個家。如果能在成為朋友後讓她去上學，接著再跟班上的大家也打成一片……這樣子我也會很快樂……當時是這麼想的。」

當她開朗講話時就會很有趣，當她認真解說時就會很嚴肅……

這就是所謂現場的氣氛吧，她有著能夠支配它的力量。

「可是從哥哥那邊得知情況，又跟小和泉稍微用電話交談過後……我重新了解到這件事並沒有那麼簡單。也明白到這跟老師說的一樣，不可以用隨隨便便的心情投身到這種事情裡。這讓我受到不小的打擊。原本我很有自信，認為自己可以立刻跟她變得要好，還能在隔週就跟她一起去上學。」

喔……當時的惠，的確是這種感覺。

「接下來……發生很多事情……」

講到「發生很多事情」時，她把頭低下來，臉頰也害羞地染上紅暈。

——…………………………………好可愛的條紋內褲。

她回想起什麼事情，看來很明顯嘍。

還真是發生很多事情呢。

一下是內褲被脫掉，一下是學習閱讀輕小說，然後又是舉辦聖誕派對。

「——現在我們會互相借書，會交換禮物……偶爾還能請她讓我進到房間裡頭……只是一下子的話，也能看到她的臉並且聊聊天。上個月她還找我商量煩惱的事情……我想，這樣子已經可以稱呼為摯友也沒問題了吧！」

惠豎起大拇指並閉起一隻眼睛。

「下次還打算讓小和泉聽聽我的煩惱喔。」

惠再次以笑容行個禮，接著坐下。

「…………………………………」

聽完惠講完以後，京香姑姑緊盯著惠坐下的背影。

接著視線往我移動，意味深長地瞇起眼睛。

雖然只是猜測……但這場「班會」的意圖，她應該已經察覺到了吧。

我輕輕點頭，看著下一位學生的臉。

「…………接下來是我吧。」

無聲無息站起來的，是村征學姊。沒想到她也穿著紗霧念的國中的制服，這似乎是惠去跟同班同學借來的。

……仔、仔細一看，這個人怎麼穿得如此不知羞恥……！

由於胸部尺寸不合而沒有扣上鈕釦，襯衫到第三顆鈕釦為止都全部打開了。

「征、征宗學弟！你在看哪邊！」

「哪邊都沒看啦！我是說真的！而且現在不是講這種事情的時候吧！」

當我慌忙否定後，學姊用前傾的姿勢壓住胸口。

「……嗚嗚……可惡……神野妳……該不會故意借比較小件的制服來給我穿吧。」

「那是誤會！我已經去跟班上胸部最大的女孩子借衣服了耶！」

「唔……」

學姊稍微冷靜下來之後，就這樣紅著臉轉過身子。

她朝京香姑姑那邊行了個美麗的鞠躬。

「您、您好……我是千壽村征。是……征宗學弟的朋友。興趣是……撰寫小說。」

我還是第一次聽見這個人使用敬語。

看來就算是學姊，也懂得配合狀況說話。

「我跟紗霧……預定總有一天會成為姑嫂關係。」

我撤回前言，這個人完全不會改變的。

「……妳也是紗霧的朋友嗎？」

京香姑姑無視村征學姊的胡言亂語，向她這麼詢問。

「老實說有沒有親密到能夠稱為朋友……這我也不太清楚。只是……」

「只是？妳們是什麼樣的關係？」

「就是經常被叫到她房間，然後要我穿上羞恥服裝的關係。」

「正宗！這是怎麼一回事！」

妳把這講出來幹嘛啦！喂喂！學姊！拜託妳饒了我好嗎！

「模特兒！是當模特兒！這個人是我的前輩！只是請她穿上各種服裝，然後擔任模特兒而已！」

我拚命幫情色漫畫老師辯解。

「真的嗎？……是哪種繪畫……的模特兒？」

「就、就是把我穿上泳裝玩扭扭樂的情形……很、很興奮地畫下來……當、當時征宗學弟也在現場……」

「正宗！你趁我不在的時候做出那種事情嗎！」

才不是我啦！為什麼講得好像我是主嫌一樣！

唔……！可是這種情況下，我被誤認為主嫌還比較好！

不管了！

「這是為了工作的取材啦！因為我無～～～論如何都想要撰寫可愛的女孩子們穿著泳裝玩扭扭樂的劇情！而且還完美地活用在作品裡頭了！所以有什麼意見嗎！」

「那種工作快給我辭掉！之後要來開場家庭會議喔！」

——付諸巨大的犧牲後，村征學姊的部分也講完了。

順帶一提，玩扭扭樂的劇情我真的有寫在第三集裡頭。

「……抱歉，沒辦法跟預想的一樣順利……突然被問到跟練習時不同的問題……」

學姊充滿歉意地坐下。

緊接在學姊之後站起來的人是愛爾咪。今天她綁回平常的髮型，但果然也穿著紗霧應該要去上的國中的制服。

她在現場所有學生裡頭是最年長的，所以感覺的確有點不協調。該怎麼說呢，就像是個穿著日本動畫角色扮演服裝的外國人一樣。雖然很可愛就是了。

身穿制服的愛爾咪一面向京香姑姑，就露出惡作劇般的笑容並舉起單手。

「妳好呀。」

「……我記得妳……是叫……」

「是亞美莉亞喔，京香。大概有兩年左右沒見面了吧。」

「…………………」

京香姑姑瞇起雙眼，看來她們兩個似乎認識。

不過愛爾咪是「紗霧母親的徒弟」，所以跟「我老爸的妹妹」京香姑姑有什麼接觸點也不奇怪。

再說老爸要再婚時，京香姑姑好像也不斷地進行干涉。

所以她跟愛爾咪的接觸點，想來大概就在這方面的吧。

「現在老子負責《世界上最可愛的妹妹》漫畫版作畫。所以說，就是這對兄妹的工作夥伴啦。因此我就把這東西帶過來了。」

愛爾咪把印刷精美的彩色插畫展示給京香姑姑看。

「這是紗霧從以前到現在所繪製的插畫。」

那裡有情色漫畫老師為工作所畫的插畫，漫畫化時畫的那許許多多不能洩漏的機密資料，還有實況轉播時所畫的插畫等等……

這些不管那一項都能成為強力的「測驗參考資料」吧。

畢竟這裡可是——

紗霧將至今所有努力的成果，展現給京香姑姑看的場合。

「……請讓我過目一下。」

京香姑姑從愛爾咪那邊收下整疊厚重的插畫，接著開始翻閱。

「不用客氣，慢慢看吧。雖然應該不是妳這種正經的人會喜歡的圖，不過這可是受到許多人喜愛的插畫。也是她進行實況轉播，然後跟觀眾們一起描繪的插畫。如果要對今年的紗霧評價，就不能錯過這些。」

「…………………」

京香姑姑花了足足幾分鐘的時間，仔細觀看紗霧繪製的插畫。

裡頭也有些色色的圖才對吧。說不定評價會因此下降，但我認為就算這樣還是要全部給她看過才行。

不久後京香姑姑抬起頭，並且小心翼翼地把插畫收進包包裡。

「這些我都會用來作為參考。」

愛爾咪點點頭，接著發出砰咚聲響坐回位子上。接著往隔壁座位的學生使了個眼色，就像在說輪到妳登場了一樣。

「終於輪到本小姐啦！」

呼應那眼色而猛烈站起的人就是妖精。她也不是穿著自己學校的衣服，而是換上跟大家相同款式的制服。除了惠以外，在這裡她是穿起來最適合的。

妖精大動作地將身體向後轉，然看著京香姑姑。

她自豪地挺起那單薄的胸部。

「——吾名乃山田妖精。跟紗霧是……時而對立……時而一起玩耍……並且朝著相同目標競爭……的那種關係。哼……就請稱呼本小姐為『鄰近的棲息者』吧！」

「是隔壁的山田小姐對吧。」

「…………唔。」

冷靜的吐嘈炸裂，讓妖精露出苦澀的神情。

「沒、沒錯！接下來本小姐會將輝煌的經歷作為自我介紹揭曉給妳看！」

「這部分請妳省略掉也沒關係。我已經調查過了——山田妖精老師。」

「等等！今天銷售數量才剛更新而已！本小姐的官方網站也成立了喔！來，妳看看這個！」

「不用了。」

「……啊，是喔。」

妖精的氣勢被打斷，因此變得垂頭喪氣。不過她大聲清咳一聲後，重新振作起來繼續說：

「那麼自我介紹就省略——由我來提出這份資料。」

妖精拿出來的，是用迴紋針固定住的一疊紙。

「這是紗霧拜託班導師準備的學力測驗，有國一範圍內的全部科目——征宗，麻煩你拿給她。」

我對妖精回答一聲之後，就把「學力測驗」拿到京香姑姑那邊。

這十天裡頭，紗霧努力在做的另一件事就是這個。

也就是說，她（在房間裡）接受考試，證明自己擁有相當於國中二年級生的學力。

令人驚訝的是，只經過不到一個禮拜的苦讀，紗霧勉勉強強取得及格分數了。

老實說，因為她是個家裡蹲又老是在畫插畫，還以為讀書方面完全不行呢。

實際上，似乎是有稍微在念一點書。

——那傢伙在我不知道的地方做了很多努力呢。

我感到很佩服。

「哼，正如妳所見，紗霧的學力是勉強升上二年級也沒問題的程度。」

妖精自豪得像是在說自己的事情一樣。

順便說一下，在克里斯先生的推薦下妖精也跟紗霧一起接受了（國一的）測驗，結果有三個科目取得令人驚訝的零分。真是個不會跳脫到必備橋段外頭的女人。

「…………………」

京香姑姑把視線從整疊測驗用紙上移開，緩緩環視「教室」。

她那冷冽的眼睛裡，映照出我、妖精、村征學姊、愛爾咪、惠的臉孔。

現場暫時陷入停滯，客廳變得靜悄悄。

依舊站著的妖精像是要切開這道寂靜般開口說：

「好啦，正如妳所見——雖然各自的立場不同，但是本小姐們都是在紗霧熱心拜託下才會來到此處。」

這時妖精看向我，然後做出閉起單眼的表情。

「麻煩你總結吧，征宗老師？」

這裡不只是「小說家的老師」這個意思，還有著「教師」的雙重含意在吧。

我被這樣有點害羞地推了一把後，就來到京香姑姑身邊跟她面對面。

「京香姑姑，紗霧在這一年裡並不是只有窩在房間裡頭而已。她還交了四個可以見面聊天的知心好友，而且還是就算被隨便脫下內褲也能原諒她的親密好友。」

「就、就算是親密好友我也不會允許她脫我第二次內褲喔！」

「穿、穿泳裝玩扭扭樂那件事我也還沒有原諒她啊。」

惠&學姊，妳們現在先閉嘴啦！

沒錯，這是四個人是紗霧現在的朋友。

如果加上不直接見面也算的條件，應該還會增加兩三個吧。

不過目前在場的四個人就是全部。

交了四個朋友。

這個人數絕對稱不上多。

即使如此，我還是覺得這已經非常非常了不起了。而且並不是因為她是我妹妹才這麼說。

例如說，如果問我有沒有辦法在一年以內交到四個能陪我做這種麻煩事的親密好友，那當然是不可能辦到的事情。

也許有人會提出不同的意見，但至少朋友對我來說就是如此珍貴又重要的事物。

「學校的課業雖然勉強低空飛過……但還是能好好跟上進度！」

我拚命訴說著。

「雖然只能稍微一下子，但也能夠走出房間外頭了！」

然後……

「也如同妳所看到的，她還交了朋友……跟以前的紗霧比起來，我想這已經充分算是『回歸社會』了——難道不是嗎！」

「喔，原來如此。也就是說這場鬧劇全部都是紗霧的成果發表會，是這麼一回事嗎？」

京香姑姑依舊很冷靜。

感覺就像把已經察覺到的事情說出來而已。

她似乎感到傻眼地嘆口氣。

「呼……該怎麼說呢，實在很難發表感想……你們還真是白費功夫。」

「！」

一瞬間，我還以為自己聽錯了。

雖然事先就有心理準備覺得她會說些類似的話，但沒想到會講出這麼惡毒的台詞。這實在太冷血無情了。

我們灌注感情的話語完全沒有傳達到她內心。

這是最糟糕的狀況。

「………………這次應該結束了吧？」

……其實我很清楚，這是紗霧的測驗。不管我多麼拚命幫妹妹講好話，最後還是要靠她自己來通過測驗才行。

我走回講台……在無可奈何下，採取一次也沒有成功過的最終手段。

「那麼，在此介紹……今天第一次來上學的學生。」

我朝客廳外頭發出這個訊息。

於是，門被打開……穿著制服的紗霧出現了。

這一瞬間，京香姑姑用力皺緊了眉頭。

「…………………」

妹妹站在客廳入口，即使她想要走進來……

也遲遲無法踏出那一步。

「……唔……嗚……」

妹妹的手腳都在發抖，眼睛裡充滿彷彿隨時都會流出來的淚水。

——一定很痛苦，也很害怕吧。

昨天排練時……也是途中就不支倒地了。

結果這十天的特訓裡，紗霧還是無法走出家門。

像這樣來到大家面前時，就會變得無法動彈。

到昨天的練習為止，紗霧在這場「班會」裡成功堅持到最後的次數，連一次都沒有。

即使如此，我還是沒有阻止她今天正式上場。

因為紗霧自己說過要加油了。

——紗霧，加油！

我在心中祈願並注視著妹妹。

紗霧抬起頭，跟我四目相交。

「……唔……」

妹妹用力緊咬下唇，幾乎快要哭出來地邁出步伐。

到這裡為止，就已經超過練習時的最高紀錄了。

「…………唔……啊……嗚嗚……」

紗霧拚命忍耐著不讓自己哭泣，同時往這邊走來。

我光是看著就緊張到快要死掉了。

「……哈啊……哈啊……」

總算抵達講台的紗霧，正痛苦地大口喘氣。

我無法等待她冷靜下來。光是時間一分一秒經過，妹妹的痛苦就會越拖越久。我故作平靜地讓「班會」進行下去。

「那麼，雖然已經來到最後……我們請大家的同班同學，初次上學的和泉紗霧，跟大家打招呼。」

我拍拍妹妹的肩膀。

妖精、愛爾咪、惠、村征學姊。

還有京香姑姑。

大家都在等待紗霧開口講話。

紗霧的臉就像剛洗完澡般通紅，同時依舊不停地喘氣。

「～～～～～～～～～～～～～～～～」

「啊……那、那個………………………………就是……………………………」

這是因為來到大家面前太過緊張，所以動作變得僵硬。簡單說就是所謂腦袋裡一片空白的狀態。畢竟光是來到「不敞開的房間」外頭，對妹妹而言就像在劇毒中游泳一樣，什麼時候會因為腦袋過熱而昏倒都不奇怪。

唯一的救贖，就是沒有任何人講出挖苦嘲諷紗霧的話來。

就連愛講話的妖精都不發一語，充滿耐心地靜靜等待朋友開口打招呼。平穩又溫和的氣氛，充斥在「教室」之中。

不久後，大概經過了幾分鐘，紗霧才終於講出有意義的話來。

「……謝、謝謝，大家。」

這是把在內心激盪的混沌思緒直接開口講出來，極為單純的一句話。接著她繼續說：

「……我……一直……沒有……去上學。也沒辦法……走出房間……給哥哥……添了許多麻煩……已經過了……兩年多。」

她把緊握住的手壓在胸口，好幾次斷斷續續地說著。

「可是哥哥他……卻說……這樣也無所謂……還說硬是強迫我去也沒有意義……就算不去學校……就算不離開房間……也、也還是最自豪的妹妹……」

紗霧稍微低下頭，依舊氣喘吁吁地說著我們之間的回憶。

嗯？奇怪？為什麼紗霧她……會知道我跟惠的對話內容！

——喂，惠！妳說出來了對吧！違反約定的話，可以對妳做些色色的懲罰是吧！我真的會做給妳看喔！

我憤怒地使著眼色，但惠卻揮揮單手表達否定的意思。

——誤會，是誤會啊～～！我有遵守約定，沒有跟任何人說喔！

那、那為什麼紗霧會講出這些話來……！

——唔啊啊，好丟臉！真的假的……！這樣會讓我超級害羞啊！

自己的真心話全部被紗霧知道，我的內心感到非常苦惱。

這時……

「這讓我好高興。」

紗霧的聲音把我拉回現實。

淚水從妹妹的眼裡湧出。

「真的非常……非常……高興……」

她滿臉通紅，還不停喘著大氣……眼淚也不斷滴落。

「那、那時候……我、我……不知道該怎麼辦才好……對很多事物都感到害怕……覺得不管做什麼都是徒勞無功……然、然後就自暴自棄……一直，都只做些自己喜歡的事情。」

像是轉播影片、繪製插畫、窩在房間裡頭——

「雖然很愉快……但是和泉紗霧……不存在於任何地方。沒、沒有任何人看著我。」

——以神祕插畫家情色漫畫老師的身分。

「……那時好寂寞。」

她不停啜泣。

「……可是……哥哥她……這次又，給了我新的夢想。他……看著……我說……一起達成夢想……吧。」

這時紗霧緊盯著我的眼睛。

這是完全沒有預料到的發展。照原本預定，紗霧的台詞應該要更短才對。由於沒有想到她會說出這些話來——讓我陷入了混亂。

可是，現在不能漏聽任何一句話。因為我認為紗霧拚命想傾訴的，是非常重要的事情。

「然、然後……然後啊……」

紗霧把白皙的手抵在蘋果色的臉頰上，用力閉上眼睛。

接著她一口氣說出——

「哥哥……說他喜歡我。」

「喂，喂！」

妳幹嘛突然在大家面前講出來啊！

「他告訴我……說他在第一次見面時，就對我一見鍾情。」

「喂喂！」

是用沒採用的原稿喔！再怎麼說都是透過小說講的喔！

紗霧！妳等一下！那種講法會變成好像是我直接用口頭跟妳講的一樣耶！

呃！雖然實質上是這樣沒錯！但是這給第三者的印象會完全不同吧！

這可是因為意外而告白，以及自己一臉嚴肅地跟妹妹告白的差距啊！

「————」

啊啊！妳看啦！妖精跟學姊先不說，愛爾咪、惠跟京香姑姑她們三個都用像在說「這傢伙是真的假的……」的冷淡眼神看著我……！

這是怎樣啦！原本的主題不是「初次上學的打招呼」嗎！

居然讓哥哥的內心如此動盪不安，這個妹妹到底想幹嘛啊——！

我幾乎快哭出來地看著紗霧。

妹妹握緊擺在膝蓋上的拳頭……

「……我也……喜歡。」

那是句跟淚水一起輕聲滴落，幾乎就快消失的低語。

它有著能讓我變得亂七八糟的腦袋瞬間一片空白的破壞力。

「什、什、什──」

「──我也喜歡哥哥！最喜歡了！絕對不會輸給哥哥喜歡我的程度！我也好喜歡他！」

她緊握雙拳，像要挑戰強敵般身體前傾。

紗霧邊哭邊對我告白。

「～～～～～～～～～～」

被告白的我與告白的紗霧，臉頰都發紅到不能再更紅了。

「所以我也要跟哥哥一起努力……！我想要……跟他一起努力！我要跟京香姑姑說，從今以後我也要繼續跟哥哥在一起！」

——因為……我也覺得……在一起……會比較好。

這一定就是當時我沒聽見的話。

紗霧就這樣以害羞痛苦到快死掉的表情，筆直地面對京香姑姑。

「……雖然現在辦不到……雖然現在這樣就是極限了……但總有一天，我絕對會辦到！」

紗霧如此宣言。

「我會走出房間！會去學校！這是為了實現我們兩人的夢想！」

這是她過去絕對不可能說出口的話。

「然後……然後……」

接下來她所說的話變得沙啞又小聲，沒有傳到任何人耳中。

只有嘴唇……

——我想實現「我的夢想」。

這麼動著。

「拜託……妳！請再……稍微等一陣子！」

這樣子，「班會」就真的結束了。

紗霧至今的努力成果都已經全部展現出來。

如果這樣還不行，就已經無計可施了。

「…………………………………………」

我們等待著京香姑姑的回答。

令人鬱悶的沉默，讓十秒感覺起來像是一個小時。

「冰之女王」的表情沒有改變。她依舊緊皺眉頭，用力握拳……然後瞪著紗霧。

「……真是對不聽別人說話的兄妹，我說過這是白費力氣了吧。」

「——」

絕望占滿我的內心。看到我這模樣，京香姑姑發出「哼」的一聲。

「你那是什麼表情……別這樣好嗎？我可沒有虐待姪子而樂在其中的興趣。」

京香姑姑仍然釋放出地獄惡鬼般的壓力，但她像是在猶豫不知該說什麼地甩動幾次手指。

「呼……讓我先把剛才來不及講完的話說完，你們兩個仔細聽好了……這場『測驗』的合格標準是『紗霧能夠走出房間一步，並且跟我說話』」

「……什麼？」

「只要能做到這點，我就打算讓紗霧的『測驗』合格。」

「……也、也就是說？」

這種鬧劇全都是白費力氣的那句話。

不是指這點程度根本就不合格的意思——

「當然是合格了，當我在玄關看到紗霧的努力時就已經合格了。」

——是不用做到這種地步也能合格的意思……？

「還真是場青澀的鬧劇。很符合你們這些小孩子，非常不錯。果然年輕人就是要這個樣子才行。」

京香姑姑面無表情地點著頭。

「話雖如此……也稍微有些過頭了。」

她的眼神瞬間變得尖銳，並且對我們怒喝：

「你們幾個，是誰說要給紗霧這麼沉重的負擔的！」

「竟……」

竟然問說是誰！這個人在生什麼氣啊！

「不、不就是京香姑姑嗎！」

「我嗎？我什麼時候說過那種話？」

「妳不是說了『然後呢？』還有『要結束了嗎？』……這些像是惡鬼般的話來！」

「那是要講『合格』之前的詢問吧。」

咦，騙人～～～～～？

剛才在玄關她明明就散發出「做好覺悟吧，我絕對要讓你們這群人渣不合格！」的氛圍啊！那根本就像是性格惡劣系的最終頭目會講的話！

「這似乎有什麼巨大的誤會……但你以為我對『那件事』就沒有任何感覺嗎？」

京香姑姑完全像是變身成最終型態之後的最終頭目，釋放出更加沉重苦悶的壓力。我彷彿能看見現場激盪著漆黑色的龍卷風。

「從那件事之後……完全沒有任何顧慮也不反省，也完全不聽醫師的警告跟你們兄妹的意見，擅自進行判斷，給紗霧帶來沉重的負擔——你們該不會是把我想成這種沒血沒淚，有如惡鬼般的監護人吧？」

對。

我是這麼想的。

雖然實在沒有勇氣講出來……但我的態度似乎已經表達了一切。

「————」

嘎吱！我聽到超猛烈的咬牙切齒聲。

超、超恐怖的啊啊啊啊啊啊啊～～～～～～～～～～～～～～～～～～！

這種程度的恐懼感，也許是我出生以來第一次感受到。

差點就嚇到尿出來了。

「這～～～～～～～～下子我懂了！終於知道你是怎麼看我的了！…………………………我最討

厭正宗了！」

京香姑姑開始啜泣。

……這是我不好嗎？再說京香姑姑真的不是把我們兄妹視為眼中釘的邪惡化身嗎？到現在我還是無法相信眼前的情景。

這樣子簡直就是位——真心為孩子們著想的溫柔大姊姊一樣。

「不，抱歉。我也有……不對的地方。我明明有自覺到自己很容易會錯意……」

垂頭喪氣又把臉哭花的京香姑姑用袖子拭去眼淚。

吸氣吐氣，她調整好呼吸。

「咳咳。那、那麼…………我重新宣布。」

接著她朝向目瞪口呆的紗霧，用手指硬是把臉頰的肌肉往上推。

露出不斷產生奇妙抽搐的笑容。

「……紗霧，妳真的很努力呢。」

那是很笨拙的笑容。

看到這個，我也……終於打從心底放心了。

想必紗霧也是一樣吧。

「…………………………呼啊……」

她精疲力盡地當場坐倒在地上。

使盡全力，被眼淚和鼻水弄成一團亂的臉龐，也浮現出滿足的笑容。

情色漫畫老師
ero manga sensei
終章

——正宗，不用那麼害怕嘛。那位姊姊雖然看起來好像老是在生氣，但其實在很稀有的情況下也會有沒在生氣的時候喔。

——咦咦……………那這樣……剛才對爸爸怒吼的是？

——那是真的在生氣。

——果、果然是很恐怖的人！

——哈哈哈哈！

我想起以前曾經跟老爸有過這麼一段交談。

紗霧測驗合格之後已經過了大約一個星期。

春假已經結束，國中與高中都開始第一學期的課程。

這是跟妹妹相遇之後的第三次春天。

就在某天放學後。

「那個，妖精……妳怎麼想？」

「你那麼突然是在問什麼啊？」

我在和泉家的客廳跟妖精討論某件事。

「就是京香姑姑的事情。那個人真的……不是『我們兄妹的敵人』嗎……？」

我認為她對我們的事情掌握得很清楚，又有著卓越的觀察力，所以說不定能夠回答這個問題。

「你一臉不太能接受的表情耶。」

「那當然啊。畢竟她以前可是打算用強硬手段把紗霧從房間拖出來的人，之後又想把我們兩個拆散。」

如果「定期測驗」沒有合格的話，就要在京香姑姑的主導下處裡紗霧的家裡蹲症狀。

我們兄妹也要分開生活。

那時定下了這樣的約定。

「所以我一直敵視著那個人，為了想辦法保護紗霧……而非常拚命。可是……」

京香姑姑幫紗霧設定的「定期測驗」合格標準，遠比我預想的還要來得貼近現實。至少沒有想要用強硬手段把她拖出來的惡意存在。

——我最討厭正宗了！

——紗霧，妳真的很努力呢。

我內心那「冰之女王」的形象，在發出碎裂聲後崩塌殆盡。

「我已經搞不懂了啦，腦袋裡也一片混亂。」

聽到我這麼說，妖精暫時把手抵在下巴思索著。

「在本小姐說出推測之前，有些事情要重新跟你確認一下。」

不久後，她這麼說著。

「那個人領養你們兄妹的理由是什麼？」

「……不知道。」

「你現在能跟妹妹兩個人住在一起的理由是什麼？」

「是我拜託京香姑姑的。紗霧的家裡蹲症狀我會想辦法改善，所以就跟她說請讓我們住在一起。因為是家人——所以希望能住在一起。」

「你討厭那個人的理由呢？」

「因為她用強硬手段想把紗霧拖出房間，還想拆散我跟妹妹。」

「也是啦……那個人願意把要對紗霧進行的突襲測驗延到四月的理由呢？」

「之前沒說過嗎？是我拜託她延期的。」

「……你們兄妹明明都還未成年，可是卻能跟出版社接洽工作的原因是什麼？」

「是京香姑姑成為監護人來擔保我們的身分，只要那個人一改變主意我們就不能工作了。」

「…………唔唔。」

妖精一臉複雜的表情並緊皺眉頭。

「怎麼了？」

「沒事……本來以為你只是跟平常一樣遲鈍而已……看來似乎不是只有這樣。該說你會誤會也是沒辦法的事情嗎——那個人的性格也是非常難搞。」

「可以說些我也能聽懂的話嗎？」

「用你最喜歡的妹系女主角類型來比喻的話。就是把所有台詞都化為暗號，將真心話徹底掩飾起來的超麻煩類型妹妹。」

她不知為何用妹妹當成比喻，妖精到底把我想成什麼了。

「也就是說，只要沒有湊齊解開暗號的材料就無法得知她的真心話啦。而且總覺得她給人一種似乎隱藏了某件重要事情的印象。」

「……這樣啊。」

「如果要說有誰能夠好好去理解那個人的話，想必不會是本小姐——而是跟她相處很久的你喔。」

看來就連敏銳的妖精也無法解讀京香姑姑的內心。

「唉……畢竟是跟我唯一有血緣關係的血親……接下來我會好好面對她的。」

我呼～～的用力喘口氣。

然後很突然面對旁邊說：

「妖精。」

「嗯？」

「恭喜妳升上三年級。」

「你也是呢。」

試著好好面對她——如此下定決心的我，之後過沒多久就再次跟京香姑姑見面了。

『正宗，我有些話想跟你說，可以請你到附近的咖啡廳來嗎？』

她本人打電話過來對我這麼說。

「京香姑姑，那樣的話要不要來家裡講呢？」

『……我在家的話，會給紗霧造成負擔。』

這聲音還是一樣冷酷，充滿會讓心臟凍結的感觸。

——正宗，不用那麼害怕嘛。

我知道……我已經決定要好好面對她了。

「偶爾的話……也沒關係喔。紗霧她也這麼說。」

『……紗霧她是這麼說的嗎？』

「是的。她說了『雖然直接見面還是會害怕。』還有『明明是家人，可是卻沒辦法住在一起真的很抱歉。』這些話。」

『…………………………這樣啊，那孩子真的改變了呢。』

京香姑姑之後立刻來到家裡，看來她似乎是從原本要當成見面地點的咖啡廳打電話過來的。

「京香姑姑，歡迎回家。」

「……我回來了。」

我出來迎接京香姑姑，彷彿就像是家人一樣。

過去我從來沒有把這個人當成家人看待。

雖然會感激她，但還是當成要拆散我們兄妹的「敵人」。

老實說，現在也還沒完全捨棄這種看法。

看來我的「老毛病」往不好的方向發作了。只要一扯上妹妹，就會立刻把對方認定為敵人——明明某人都對我忠告過了。

我跟京香姑姑在客廳面對面坐下。還來不及準備飲料，京香姑姑就先開口了。

「正宗，你是不是有什麼事情想要問我？」

看來京香姑姑想說的事情，就是這個。

的確，這可能是個好機會。為了讓自己能把京香姑姑當成家人看待，就必須得要更了解她才行。

我嚥下口水，並這麼回答：

「……我有兩個問題。」

「請說。只要是能夠回答的事情，我就會回答你。」

我跟有如寒冰的眼神正面對峙。

「第一個想問的問題，就是京香姑姑領養我們兄妹的理由。」

京香姑姑微微睜大眼睛，我仔細觀察這個表情並繼續說：

「我——還沒有聽妳說過呢。如果方便的話，請妳告訴我。」

「…………………」

京香姑姑跟往常一樣用嚴峻的表情瞪著我。

不等她回答，我就繼續開口說：

「……我一直以為，京香姑姑很討厭我。以前妳總是——跟老媽吵架吧。從一旁看起來，妳們的感情真的很差……所以就覺得妳是不是也討厭身為她兒子的我。」

「！」

「可是妳為什麼會領養我們呢？這一直讓我感到不可思議。」

「…………如果真的討厭你們……我就不會領養了。」

明明是哀傷的台詞，但是，很抱歉那個表情……

「為什麼要領養你們……？那是爲了親手把你殺掉啊！」

看起來像是在這樣講。

「正宗，我對你母親抱持的情感的確很複雜。如果問說討不討厭她的話，我只會回答**最討厭**而已。可是你的話…………………我不討厭。那個……明明是小孩子……卻很了不起。我從以前就是這麼想的……」

當她稱讚人的時候，講話就會突然變小聲。

「總是在逞強看起來也很辛苦……就覺得你身邊……如果沒有母……沒有能夠撒嬌的大人實在不太好……那個，所以說……」

斥責人的時候明明那麼辯才無礙，真是個不可思議的人。

「那是誤會。」

明明還是那麼恐怖的表情，現在總覺得話語中聽起來有點沮喪的感覺。

「也就是說……京香姑姑是同情我的境遇才領養我們的嗎？」

「絕對不是這麼一回事。」

完全不留給我誤會的餘地，她斬釘截鐵地斷言。

「那是為什麼呢？」

「…………………」

我跟京香姑姑隔著矮桌互相注視。

沉默持續流逝的這段時間裡，她一臉認真的表情在思索著。不久後緩緩開口說：

「我拒絕回答。」

「是不能說的事情嗎？」

「是的。」

「理由是？」

「因為會造成我的損失。但是……」

「但是？」

「我希望你能獲得幸福，這是我毫無虛偽的想法。」

「………我明白了。」

大人們在這種時候就會編造出敷衍用的理由來回答吧。

可是她卻說「因為會造成我的損失，所以拒絕回答。」這樣的話。

說不定這個人比我想像中還要來得更加耿直。

耿直到令人覺得她很傻，又有如電腦般非常死腦筋。

我們兄妹的監護人，同時也是監視者。

「想問的第二個問題，是關於妹妹——京香姑姑對於紗霧是怎麼想的？」

這點如果不弄清楚，我就無法信任這個人。到前幾天為止，我都還認為她討厭紗霧就跟討厭我是差不多的程度。

那真的是誤會嗎？這點必須加以確認，也必須分辨清楚才行。

京香姑姑用極為難以讀取感情的撲克臉回答：

「我覺得她是個好孩子喔，現在是這麼想的。」

「這代表以前不這麼認為嗎？」

「說起來……我以前也完全不了解那孩子。」

這麼說也沒錯。兩年前，當時剛領養我們，根本沒有所謂喜歡或是討厭存在。

畢竟幾乎就是不認識。

只不過，京香姑姑繼續說著。

「……在那個事件之後，也就是當時她真的完全變成家裡蹲時，我認為你們兄妹兩個住在一起會造成不好的影響。既然我沒辦法在家，就能預料到會讓正宗你承受很沉重的負擔。要去學校又要工作，還得照顧不跟任何人見面的家裡蹲妹妹——在內心的傷痕還未痊癒的情況下……這比你跟父親兩個人住在一起時還要糟糕。這種狀況，身為監護人是不可能視若無睹的。」

——你必須要獲得幸福才行。

京香姑姑像是要強調這點地說著。

她注視著我的眼睛，詢問：

「你現在幸福嗎？」

我立刻笑著回答：

「是的，非常幸福。我有最重視的妹妹在，從事有趣的工作，還有能當成目標的夢想。」

「那就好，看來我的擔憂是判斷錯誤了。」

京香姑姑的表情沒有改變，有如冰霜的眼神也沒有變化。

但我覺得自己知道她沒有笑容的理由了。還會對我老爸大聲怒吼的京香姑姑跟她現在比較起來，有著很明顯的差異。

——誰、誰要你們幫我慶祝生日的！

——真、真是的……！哥哥你總是這個樣子！突然就對我……！不知道啦！我沒有在笑！不要看我的臉！我最討厭哥哥了！

從兩年前開始……妹妹變得無法走出房間，而我也無法一個人待在家裡頭。

老爸跟媽媽過世之後，我們兄妹都受到無法復原的創傷。

但不只是我們兄妹而已。

還有一名失去笑容的妹妹。

……就是這麼一回事吧。

「我也終於明白。讓你們兄妹兩人在一起，才是最幸福的——」

看起來只像是在生氣的「冰之女王」，現在一定正在笑著。

我是這麼認為的。

「——不過，正宗。讓你們兩個住在一起到底好不好，就又另當別論了。」

「咦？」

「聽完紗霧所說的話，再閱讀你的作品後……我有種繼續讓你們兩個人住在一起獨處，可能會非常危險的感覺。」

「咦？咦？」

「接下來我會更加嚴格地『監視』你們兄妹兩個……怎麼了，你那什麼表情？就算我偶爾回來一趟，不是說不會造成紗霧的負擔嗎？」

「是、是這樣沒錯啦……」

「那就沒有問題了。」

「唔……」

難、難得紗霧她都說「喜歡」我了……！

這個人完全就是打算妨礙我嘛！

「那麼，我也差不多該失陪了。」

才剛把話講完，京香姑姑就站起來。

她在離去時回過頭來，投以有如冰柱的視線刺進我的心臟。

「正宗，你聽好了。我對你沒有任何期待……不管是夢想、工作還是任何事情都好，我都不會對你說任何加油打氣的話。如果覺得這些事情無法讓你獲得幸福，那麼隨時要放棄都無所謂。我允許你那麼做。想要放棄的時候，隨時都可以跟我說。」

「——到時候我會全力讓你對我撒嬌的。」

把冰柱從我那激動不已的心臟拔出來之後，京香姑姑就離開了。

草薙學長來到家裡，是之後沒多久的事情。

他還特地事先打電話來家裡確認京香姑姑不在後才造訪。

看來初次見面讓他留下充滿恐懼的回憶。

不過讓這個人跟京香姑姑見面的話，就會成為讓輕小說作家形象惡化的原因，所以對我來說他這層顧慮正好。

然後——說到這位形象惡劣度排名第一的輕小說作家為何跑來我家的話。

「和泉，之前真是抱歉喔。」

他似乎是特地來向我賠罪的。

還帶了地毯的清潔費跟點心過來。

吐在地上的明明就不是這個人……他果然微妙地有老好人的一面。

「啊，不用啦，已經沒關係了。」

「是喔。那天逃回家裡冷靜下來以後——才回想起在你家做出的行為，讓我超沮喪的。心情就像是喉嚨被魚刺卡住般鬱悶……你肯這麼說我就輕鬆多了。」

而且是個神經質的膽小鬼。

決定要動畫化時雖然很得意忘形——但是要說的話，這才是草薙學長本來的模樣。

草薙學長今天也穿得像是角色扮演成克勞德一樣。黑色的無袖上衣配上純銀飾品，可說是清一色都是黑色的穿著。

「為了當作賠罪，我跑去買了都日式饅頭過來。你很喜歡這個吧？」

這個我喜歡到即使有人說它是全世界最美味的點心，也不會有什麼異議。

「現在我能完全原諒席德吐在我家的事情了，還有你讓京香姑姑對輕小說作家造成負面印象的怨恨也是。」

「那真是太好了……唉，好啦，既然和泉你都爽快地原諒我了……可以聽一下我那黯淡的近況嗎？」

「如果是在玄關站著說的話。」

「……你不肯讓我進到家裡嗎？」

「那樣絕對會講很久所以不要——再說，你還在沮喪嗎？」

「哪有可能那麼簡單就振作起來啊？人類只要遇到痛苦的事情，就會一直消沉下去喔。那就像是在腦中不停播放難過回憶的放映會，不管跑去喝酒還是工作都沒辦法忘記的啦。垂頭喪氣的傢伙一瞬間就完全振作起來，這在輕小說是很美好的劇情沒錯，可是現實人生根本不可能發生這種事啊。創作真的就是夢想，所以才會有趣啦混蛋。」

看吧，馬上就開始纏著人講個不停了。

不過，他說的這些我都非常能夠同意。

要從痛苦之中振作起來是很困難的事情。

就算看起來像是復原了，也沒辦法完全恢復原狀。

痛苦會留下慘不忍睹的瘀青或傷痕，然後這些事物會隨著歲月逐漸增加與累積吧。

偶爾會讓人失去笑容、變得無法一個人看家、或者變成家裡蹲……也可能發生這種異常狀態吧。

這也不是只有我們才會發生的事情。

雖然不打算諦觀到講些這就是人生之類的話，但我想每個人在這無法挽回的人生裡都或多或少會受點傷或造成些瘀青，然後一邊彌補一邊生活下去吧。

所以大家才會去閱讀書籍。

閱讀充滿夢想與希望的故事，或是超越現實的絕望故事。

「哎呀，草薙學長你終於恢復成平常的模樣了呢。」

「就是說啊。決定動畫化那時候的我到底是在發什麼瘋啊，真想把當時那堆得意忘形的發言都消除。」

原本的草薙學長是個跟妖精一點也不像，要說的話還比較算是個性消極的人。

「之前發售的動畫版《Pure Love》vol.3的溫泉劇情啊，在藍光光碟裡頭那些煙霧都被拿掉了。」

「嗯，這在動畫是很常見的修正嘛。」

「這部分本身是很好，但是卻因為『女主角的乳暈好大』這種理由而在網路上稍微延燒起來了。」

「…………………」

這狀況還真難回應！

「我的書迷們紛紛發了些『這個乳暈是原作作者的官方見解嗎！』或是『顏色也很糟糕！』這類憤怒到超乎常軌的留言到我的推特或部落格，而且還附上自己有購買藍光光碟的照片。」

「這、這個嘛……！實在沒辦法……說他們很無聊呢。」

「絕對沒辦法說啊。雖然從旁人眼中看來，應該會覺得腦袋有問題吧。但既然是付錢要來享受我的作品的這些傢伙所講的，那就一點也不無聊，也絕對不能忽視他們。可是，可是，可是！」

「可是？」

「這些傢伙真的是群白痴！真的真的是一大群白痴！白痴到繞了十圈以後讓我覺得可愛到不行！這種事情跟我說有什麼屁用！檢查分鏡稿時根本不可能判別乳暈尺寸有多大吧！我又沒有超

能力！可惡……每個星期……每個星期都這樣搞我！隨時都有這類小事在網路上延燒……！然後每次我的心情就像是自己的小孩在教學參觀時闖禍一樣。我已經累了……這種事情要持續到什麼時候啊！」

雖然實在不能給讀者聽見，但這段消極發言的尖銳程度卻是過去無法比擬的。

「今天原作作者也親自去找各個相關負責人，低頭向他們做出『請在下次的入浴場景時，把這女孩的乳暈畫小一點。』這樣的請求。好好感謝我吧，這群白痴。」

「這真的讓我覺得你很了不起！」

雖然是個隨時都在暴露自己缺點的人，但卻深愛著自己的書迷吧。

醜陋的抱怨不管怎麼說，最後也都絕對不會傳到書迷耳中。

這點我就很想跟這位前輩看齊。

「嘖，這幾個月老是給我發生這種鳥事。根本沒空寫小說……唉……最近開始搞不懂自己的職業到底是什麼了。」

草薙學長發出漫長的嘆息。

「和泉……這世界對我一點也不溫柔。陰雨在內心下太久，讓我產生現在就好想把業界黑暗面公開在推特上的念頭。」

「隨便對外講自己職業的壞話是很遜的行為，所以快住手吧。」

「和泉，你可別搞錯嘍。我絕對不是為了給新人作家或志願成為輕小說作家的人忠告才講這些話的喔。只是想把自己這種不爽的心情稍微分享給後輩們體會一下而已喔。」

雖然乍看之下很像傲嬌台詞，但單純只因為他是個人渣而已。

「現在我正把對世界的憤怒轉換為力量來工作。雖然總比消沉到無法動彈要好些，但這種情況沒辦法長久持續，這是我最後的光輝了。雖然還不知道會是一年後還是明天，但近期之內總有一天會寫不出來的。簡單說，就是我已經完蛋了。」

「決定動畫化之前的草薙學長，好像也講過類似的話喔。」

這代表他跟平常沒兩樣。

「不對，這次真的完蛋了。是作家失業的危機。那些前輩們在動畫結束後就突然出不了新刊的心情，我現在終於能夠體會了。」

草薙學長超級敷衍了事地吐露這些話以後，用力伸個懶腰。

「好，讓和泉心情變差，也讓我稍微爽快點了。」

「你不是來跟我道歉的嗎！」

「那我回去啦，還有事情得做呢。」

草薙學長轉身準備離開。

「學長，你說要做的事情是？」

「那還用說，當然是去工作啦。雖然我已經完蛋了，但還有稍微殘留一些最後的力氣……趁現在還能寫出他們覺得有趣的小說，我就跟那群白痴一起加減努力一下啦。畢竟錢也還沒賺夠

呢。」

這次就完完全全是……

不折不扣，純度百分之百的傲嬌台詞了。

隔天，平日的放學後。我在北千住跟惠見面。

我們在惠常去的咖啡廳會合，兩人一起享用店家推薦的蛋糕。

「哥哥，謝謝你的招待。」

「不客氣。」

「耶嘿嘿，讓年長的男性請客，總覺得好有成熟的感覺喔。」

怎麼講得好像從來沒有被除了我以外的「年長男性」請過客一樣。

我跟穿著制服的她並肩往荒川方向走去。

不久後，一條櫻花大道出現在眼前。櫻花樹沿著道路兩側有如隧道般漫長延續著。

光像這樣走在裡頭，心情就會變得開朗。

「喔～～滿開耶。」

「呵呵呵～～這在我們學校可是目前最有人氣的約會景點喔。之前也想說真想跟哥哥一起來呢。」

她笑著說能一起來真是太好了。

「是、是喔。」

升上二年級生的惠，看起來變得稍微成熟了一些。

「喂，惠！不要勾著我的手啦！」

「咦～～？哥哥你明明就很高興。」

就是不能原諒我自己居然感到害羞，所以才叫妳放手啊！

「比、比起這個──」

「是的，怎麼了嗎？」

好近好近，妳臉靠太近了。

「就是今天把妳叫出來的理由……」

「不是說要為『班會』的事情向我道謝嗎？」

「這也是其中之一──就是啊，還記得白色情人節我要回禮給妳嗎？」

就是從惠那邊拿到「禮品目錄」的事情。

「啊～～有這麼一回事耶。」

「雖然我很煩惱……不過也終於決定要回送什麼了，所以想來告訴妳。」

「咦～～？哥哥你在說些什麼啊？」

惠單手拿著書包，有如兔子般跳到我面前。

櫻花花瓣飛舞著，有如要襯托她那惹人憐愛的魅力。

「白色情人節的回禮，我已經收到了喔。」

「咦？」

這是怎麼回事？

「就～～是啊，禮品目錄上頭不就有那個項目了嗎？」

惠把臉靠過來，對困惑的我溫柔並輕聲地說：

「特別驚喜禮物，哥哥讓小和泉來上學了。」

「啊……」

「真的非常感謝哥哥給我這麼棒的回禮喔♡」

她嘻嘻地笑著。

「……真是的。」

如果她對任何人都這麼做的話，那我也能夠理解，為何這傢伙能受大家歡迎了。

接下來——

最後就來說說成為二年級生的我跟紗霧吧。

四月一日，就是舉行那場「定期測驗」的日子。

……我也……喜歡。

紗霧對我說出這樣的話。

這句話就像是愛的告白。

——我有喜歡的人。

這是過去紗霧對我的告白所給予的回答。

這位紗霧喜歡的人……該不會，說不定是……

也差不多該把這件事弄清楚了。雖然想這麼做，但紗霧之後就窩進「不敞開的房間」裡頭，幾乎都不讓我跟她見面。

雖然每次送餐點過去時也都試著找她說話……

但這幾天的成果，也只有收到要給京香姑姑的口信而已。

不對，如果像之前那樣抓準紗霧把餐點拿進房間的瞬間，應該就能直接跟她見面。只是很難實際採取行動。

因為覺得不好意思又很害羞……也害怕真的聽到答案。

簡單說，就是我還沒作好心理準備。

「……咕唔……唔唔……」

我心神不寧地在客廳走來走去，妹妹的臉龐在腦袋裡一下浮現一下消失。

這幾天的我，就是這樣坐立不安地猶豫著，然後放任時光流逝。

看來今天也會是相同狀況吧——就在此時。

咚咚！

天花板傳來妹妹踩地板的聲響。

這聲音的意思是——

「我有話要說，過來一下。」

既然被呼叫，那就不能不去了。

我做好覺悟，走上樓梯站在「不敞開房間」門口。

敲了兩下門。稍作等待一下，不久後房門緩緩開啟。

「…………………」

打扮得很漂亮的紗霧一看到我，就瞬間滿臉通紅。毫無疑問地，我也一定是相同的表情吧。

雖然知道兄妹間用這種比喻很奇怪——

說出最喜歡對方來告白。

收到最喜歡自己的回應。

過幾天後，就是現在的情形。

紗霧要說的「話」就是告白的事情沒錯。

這種狀況下卻沒有昏過去還真是不可思議。

「…………………」

「…………………」

雙方就這樣滿臉通紅地度過沉默的時間，不久後下定決心所講出來的話……

「「……那、那個……」」

因為同時出聲，而又再度陷入沉默。

「……請、請說。」紗霧這麼說著。

恭敬不如從命，於是我開口說：

「……紗霧……那個………………就是關於，妳之前所說的……事情。」

「～～～～～～～～～～～～～～」

紗霧眼裡泛出淚光，臉頰也變得更紅。

「那、那個……那個是……」

「喔、喔。」

紗霧沒戴耳麥，看著我的臉說：

「……我，喜歡，哥哥。」

「────」

怎、怎麼……這麼直接……唔啊啊……！感、感覺整個人都要溶化了……！

「是、是以身為一個妹妹而言！」

「──咦？」

「哥、哥哥……你說……想要成為我的哥哥對吧？」

「……啊、喔……是、是有這麼說過。」

「兄妹要談戀愛，是不可能發生的事情對不對？」

「……是、是有這麼說過。」

「那這樣，我也是以一個妹妹的身分喜歡著哥哥──有什麼意見嗎？」

「……沒有。」

「唔……啊，是喔。那這樣，話就講完了。」

她嘟起臉頰這麼說著。

──總覺得被猛烈地報了一箭之仇。

這是為什麼?為什麼我會這麼覺得呢?完全搞不懂呢。

「唉……」

我整個人變得垂頭喪氣。好像很沮喪又似乎很安心,真是種不可思議的心情。

妹妹看到我這樣……

「像個笨蛋一樣。」

變得好像在生什麼氣。

後記

我是伏見つかさ。非常感謝各位把情色漫畫老師第五集拿在手上。就跟上一集後記預告的相同，第五集前半部是以聖誕節與情人節這些戀愛喜劇的必備橋段作為舞台。

情色漫畫老師對於不是固定班底的登場人物，雖然有著「不要搶走固定班底的出場機會」、「沒有事情就不會登場」、「只有在完成初期設定的使命時才會登場」這些基本方針。但這次我改變了一下旨趣，以「活用既有的登場人物」為目標來執筆。如果能讓大家覺得銜接得很有趣，我也會很開心。

到了後半部，從第一集就開始暗示的角色也終於可以登場了。這是本作刻意封印起來的女角類型。雖然很期待大家的回應，但也有些許不安。

這幾年我持續受腰痛困惱著，但是在執筆撰寫這第五集的期間卻很稀奇地幾乎感覺不到疼痛，讓我可以順利執筆寫下去。

如果這種解放感能夠帶給作品活力就好了。

下一集將會是更加有趣的內容，如果方便的話也請大家繼續閱讀下去。

請各位多多指教。

二〇一五年七月　伏見つかさ

情色漫畫老師

Kadokawa Light Novels

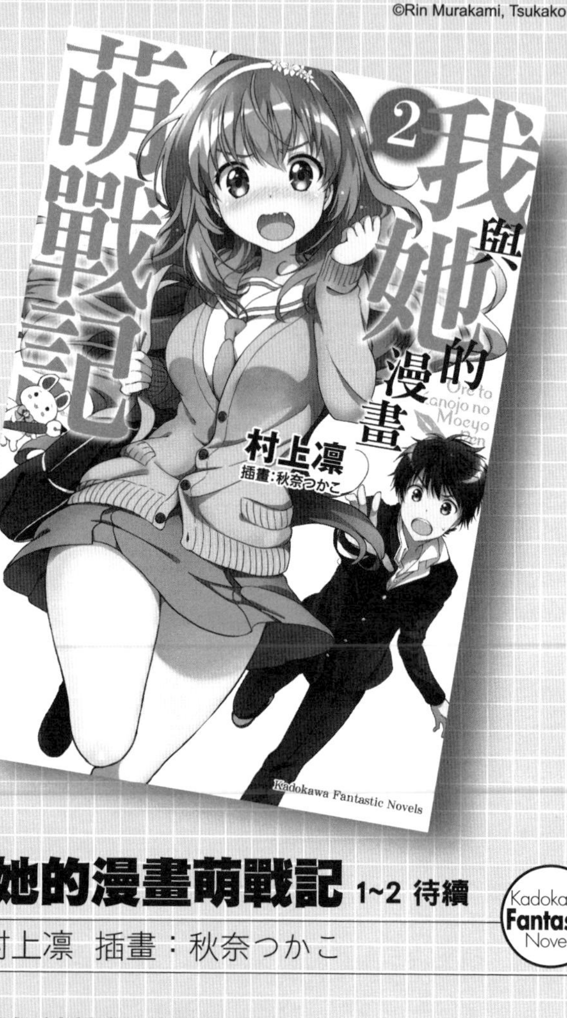

我與她的漫畫萌戰記 1~2 待續

作者：村上凜　插畫：秋奈つかこ

生駒老師忽然轉學到君島班上
與同班同學相處卻格格不入？

美少女萌系漫畫家生駒亞紀人老師與喜歡戰鬥漫畫的高中生君島泉，合作的漫畫贏得了連載權。新學期開學後君島意外發現生駒老師轉學到他班上，對方卻說：「我可不是因為有你在才轉來這間學校的！」沒想到她與班上同學在相處上顯得格格不入？

各 **NT$180~200/HK$55~60**

台灣角川

Kadokawa Light Novels

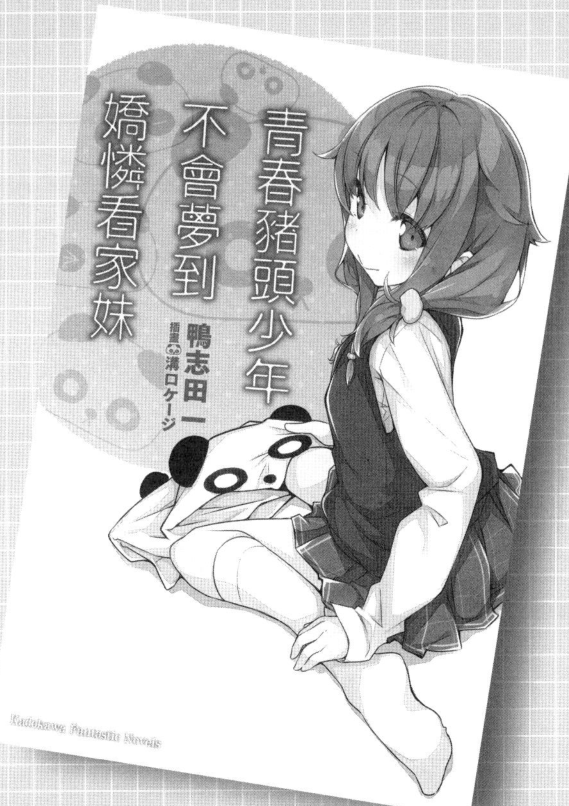

青春豬頭少年不會夢到嬌憐看家妹

作者：鴨志田 一　插畫：溝口ケージ

最喜歡待在家的楓突然宣布「我要上學」！
她即將為了哥哥而告別看家生活！

咲太的初戀對象翔子寫信表示想見面，而咲太沒能將這件事告訴麻衣小姐。預料又有一番風波悄悄接近兩人!?最喜歡待在家的妹妹楓突然宣布：我要上學！遭受霸凌而走不出家門的她立下這個偉大目標，咲太決心全面協助，麻衣小姐也願意盡一份心力——

各 **NT$220~260/HK$68~78**

國家圖書館出版品預行編目資料

情色漫畫老師. 5, 和泉紗霧初次上學 / 伏見つかさ
作 ; 蔡環宇譯. -- 初版. -- 臺北市 : 臺灣角川,
2016.08

面 ; 公分

譯自 : エロマンガ先生. 5, 和泉紗霧の初登校
ISBN 978-986-473-251-7(平裝)

861.57 105011289